Paulo Tadeu

AS 100 MELHORES PIADAS DE TODOS OS TEMPOS
e outras trocentas, caso você não concorde com a escolha

MATRIX

© 2012 - Paulo Tadeu
Direitos em língua portuguesa para o Brasil:
Editora Urbana Ltda.
atendimento@matrixeditora.com.br
www.matrixeditora.com.br

Ilustrações:
Félix Reiners

Revisão:
Adriana Parra

Dados Internacionais de Catalogação na Publicação (CIP)
Sindicato Nacional dos Editores de Livros, RJ

As cem melhores piadas de todos os tempos : e outras trocentas, caso você não concorde com a escolha / [seleção e organização]Paulo Tadeu. - São Paulo : Matrix, 2005

1. Anedotas. I. Tadeu, Paulo

05-1914.   CDD 808.87
              CDU 82-7(082)

1

Um dia, enquanto galopava, um bom homem encontrou um índio cavalgando. Ao seu lado iam um cachorro e uma cabrita.
O bom homem começou a falar com o índio:
– Oi, que belo cão você tem aí. Se importa se eu falar com ele?
Índio: – Cão não falar.
Homem: – Olá, cão, como vai?
Cão: – Bem, obrigado!
O índio fica absolutamente chocado.
E o bom homem continua:
– Esse cara é o seu dono?
Cão: – Sim!
Homem: – E como ele te trata?
Cão: – Muito bem. Todo dia ele me deixa correr livremente, me alimenta, me dá água, essas coisas...
O índio fica totalmente boquiaberto. O bom homem então diz:
– Se importa se eu falar com seu cavalo?
Índio: – Cavalo não falar.
Homem: – Oi, cavalo, como vai você?
Cavalo: – Muito bem!
Homem: – Esse aí é o seu dono?
Cavalo: – Sim...
Homem: – E como ele te trata?
Cavalo: – Muitíssimo bem. Cavalgamos regularmente, ele me escova sempre e me mantém sob uma árvore para me proteger da chuva e do sol.
O índio fica simplesmente abobalhado.
E o bom homem continua:
– Se importa se eu falar com sua cabrita?
Índio: – Cabrita muito mentirosa!

2

Um casal vai passar a lua-de-mel numa cidade do interior e, de repente, se vê perdido em um bairro decadente. Após andar um tempo, passam por uma casa de espetáculos pornô onde está anunciado: "HOJE, O FABULOSO TEODORO!" Cansados, porém curiosos, resolvem entrar para conhecer. Após algumas apresentações, é anunciado o "fabuloso Teodoro", que entra sob grande aplauso. Começa então a apresentação tão esperada.

Vai para a cama uma loiraça, que ele traça. Chega em seguida uma morenaça, que ele traça também. E aí vem uma ruivaça, e ele traça... O público aplaude efusivamente. Na platéia, os dois já concordam que o cara deve estar esgotado, mas depois da última mulher, ouve-se o rufar de tambores e entra uma pessoa carregando uma mesinha com três nozes.

Teodoro, então, com o pinto, quebra as três nozes, com três pancadas precisas. O público vai à loucura, aplaudindo de pé.

Vinte e cinco anos depois, o casal decide comemorar as bodas de prata na mesma cidade, para recordar os velhos tempos. Chegando lá, os dois têm a idéia de refazer o percurso que haviam feito quando eram recém-casados e acabam encontrando a mesma casa de espetáculos, agora bem mais decadente.

Para surpresa do casal, na porta ainda um velho cartaz anunciando: "HOJE, O FABULOSO TEODORO!" Movidos pela curiosidade, vão então assistir ao espetáculo e vêem o mesmo cara, já um senhor, cabelos brancos, traçando todas com a mesma energia.

Ao final, quando os tambores começam a tocar, entra a pessoa com a mesinha, agora com três cocos, que ele quebra da mesma forma que antes.

Admirados e surpresos, vão ao camarim conversar com o Teodoro e perguntam o porquê da mudança de nozes para cocos. Teodoro responde:

— Vejam o que não faz a idade... A velhice é terrível. Eu tive que trocar as nozes pelos cocos porque, depois de todos esses anos, a vista ficou fraca e eu não conseguia mais acertar as nozes...

3

Dois compadres se encontram depois de mais de vinte anos sem se ver.

— Ô cumpade, quantempo, sô! Tudo bão concê?
— Bão, sô, i concê?
— Bão tamém!
— E a patroa e os minino? Mi conta, sô!
— Pois é, o mais véi dá um trabaio... Ele é desses tar de homissexuar. Quando disimbesta a dá, num pára mai... mai dá, dá, dá... mai dá o diintêro!
— Nó, cumpade, que disgosto!
— E o pior é que o do meio foi infruenciado por ele! Resurtado: dá tomém! E quando junta os dois, intão... mai dão, dão, dão... dão o diintêro!
— Eita, cumpade, que trem isquisito! E o seu fio mai novo? Nun vai dizê que ele tamém foi infruenciado...
— Pra num deixá infruenciá o caçula, mandei ele pra casa da vó, em Sumpaulo...
— Intonces, esse iscapô?
— Bão! Trabaia o dintêro, né, só dá quando bebe...
— Menos mar, né, cumpade!
— É... Mai bebe, bebe, bebe... bebe o diinterim!!!

4

Bão, aproveitano a linguage, aqui vai uma do mineirim.
Diz que o mineirim tava no Ridijanero, abismado cas praia, sem camisa, aquele carção samba-canção, pés discarço. Sem cueca pur dibaxo. Os cariocas zombando, contando piadas de mineiro. Alheio a tudo, o mineirim olhou pro marzão e num se güentô: correu a toda a velocidade e deu um merguio, deu cambaiota, pegou jacaré e tudo o mais. Quando saiu, o carção de ticido finim tava transparente e grudadim na pele. Todos na praia tavam olhando pro tamanho do pinguelo que o mineirim tinha. O bicho ia até pertim do juei. A turma nunca tinha visto coisa iguar. As muié c'um sorrisão, os home roxo d'inveja, todos só tinham olhos pro bicho. O mineirim intão se apercebeu da situação, ficou todo envergonhado e gritou:
– Que qui foi, uai?! Vão dizê qui quando oceis pula n'água fria, o pintim doceis num incói tomém?!

5

O Isaac foi na zona, escolheu uma menina e foi logo perguntando:
– Quanto?
– Cinqüenta reais – responde ela.
– E com sadomasoquismo?
– É para você me bater ou apanhar?
– Para eu te bater!
– E você bate muito?
– Não, só até você devolver o dinheiro!

6

Depois do tsunami na Ásia, o Governo brasileiro resolveu instalar em Brasília um medidor de abalos, que cobre todo o país. O Centro Sísmico Nacional enviou à polícia da cidade de Tauá, no Ceará, uma mensagem que dizia:

"Possível movimento sísmico na zona, muito perigoso, superior a Richter 7. Epicentro a 3 km da cidade. Tomem medidas. Informem resultados com urgência".

Após uma semana, foi recebido no Centro Sísmico Nacional um e-mail que dizia:

"Aqui é da polícia de Tauá. Movimento sísmico totalmente desarticulado. O tal Richter tentou se evadir, mas foi abatido a tiros. Desativamos a zona. As putas estão todas presas. Epicentro, Epifânio e outros três cabras foram detidos. Não respondemos antes porque houve aqui um terremoto da porra".

7

A mulher estava em coma, na UTI, e as enfermeiras lhe davam banho.

Quando lavavam sua perereca, notaram uma reação no gráfico do monitor de sinais vitais. Foram então ao marido, explicaram o que acontecera e lhe disseram:

– Pode parecer loucura, mas talvez um pouco de sexo oral possa trazê-la de volta do coma.

O marido permanecia cético, mas elas tanto insistiram que ele, finalmente, topou.

As enfermeiras o levaram até a UTI e explicaram que os

deixariam a sós, para que tivessem mais privacidade, mas permaneceriam monitorando os aparelhos para acompanhar a reação da paciente.

Após alguns minutos, soou o alarme do monitor dos sinais vitais da mulher, e o gráfico tornou-se uma reta: nada de pulso, nada de batimentos cardíacos! As enfermeiras correram para o quarto, desesperadas, e perguntaram ao marido:

– O que aconteceu??!

E ele:

– Não sei... acho que ela engasgou.

8

Com apenas duas semanas de casamento, o marido, apesar de feliz, já estava com uma vontade reprimida de sair com a galera pra fazer a festa. Assim, ele diz à sua queridinha esposa:

– Amorzinho, vou dar uma saidinha, mas não demoro, coisa rápida...

– Aonde você vai, meu fofinho...? – pergunta ela.

– Ao barzinho, tomar uma geladinha.

A mulher bota a mão na cintura e lhe responde:

– Quer cervejinha, meu amor? – e nesse momento abre a porta da geladeira e lhe mostra 25 marcas diferentes de cervejas de 12 países: alemãs, holandesas, japonesas, americanas, mexicanas, etc. O marido, sem saber o que fazer, lhe responde:

– Meu docinho de coco... mas no bar... você sabe... o copo gelado...

O marido nem terminou de falar, quando a esposa interrompe a sua conversa e pergunta:

— Quer copo gelado, amor? — nesse momento ela pega no freezer um copo bem gelado, branco, que até parecia tremer de frio. O marido responde:
— Mas, minha princesa, no bar tem aqueles salgadinhos gostosos... Já estou voltando, tá?
— Quer salgadinho, meu amor??? – a mulher abre o forno e tira 15 pratos de salgadinhos diferentes: quibe, coxinha, pastel, pipoca, amendoim, coração de galinha, queijo derretido, torresmo...
— Mas, minha Pixunguinha... lá no bar... você sabe.... as piadas, os palavrões, tudo aquilo...
— Quer palavrões, meu amor??? Então vai tomar no cu, porque daqui você não sai nem fodendo, seu filho da puta...

9

Um homem ganhou num sorteio três passagens para Jerusalém. Chegou em casa, contou para a esposa, mandou-a arrumar as malas e estava ligando para chamar também a mãe dele, quando começou uma baita discussão com a esposa, que queria levar a mãe dela.

Para dar fim à briga, ele concordou em levar a sogra.

Chegando lá, estavam visitando o local onde Cristo ressuscitou, quando, de repente, a sogra se emociona e passa mal. Levam a velha pro hospital, e ela acaba morrendo.

O genro, conversando com o pessoal do hospital, para ver o que ia fazer, perguntou quanto custaria o enterro em Jerusalém. Disseram que na moeda brasileira seria uns R$ 1.000,00. Perguntou também quanto ficaria para mandar o corpo para o

Brasil. Responderam que com o transporte e tudo custaria uns R$ 20.000,00.

O homem, então, resolveu mandar o defunto para o Brasil.

O pessoal do hospital e a esposa olharam espantados para ele, sem entender, e perguntaram:

– Por que mandar o corpo para o Brasil, se é mais caro? Tudo isso é porque você gostava da sua sogra?

O marido respondeu:

– Aqui em Jerusalém vocês já tiveram um caso de ressurreição; é melhor não arriscar...

10

Um sujeito foi consultar um pai-de-santo para ver se dava para desfazer uma praga que lhe fora rogada havia quarenta anos.

O pai-de-santo diz:

– Tudo bem, mas eu preciso saber quais as palavras exatas que foram usadas na praga.

O sujeito responde sem hesitar:

– "Eu vos declaro marido e mulher"!

11

Um vigário de um pequeno vilarejo tinha um peru como mascote, e um certo dia notou que o bicho havia desaparecido. Ele suspeitou de que alguém dali o havia roubado.

No dia seguinte, na missa, o vigário perguntou à congregação:
– Algum de vocês aqui tem um peru?
Todos os homens se levantaram.
– Não, não – disse o vigário –, não foi isso que eu quis dizer. Algum de vocês viu um peru?
Todas as mulheres se levantaram.
– Não, não – repetiu o vigário –, o que eu quero dizer é se algum de vocês viu um peru que não lhes pertence.
Metade das mulheres se levantou.
– Não, não – disse o vigário novamente –, talvez eu não tenha formulado bem a pergunta. Algum de vocês viu o meu peru?
Todos os coroinhas se levantaram.

12

Quatro senhoras muito amigas se reúnem para jogar o bridge de todas as segundas-feiras.
Uma delas então diz:
– Meninas, somos amigas há muitos anos, e é hora de nos conhecermos a fundo. Eu, por exemplo, sou cleptomaníaca, mas não se preocupem, não sou capaz de roubar nada de vocês.
Uma segunda senhora diz:
– Pois eu confesso que sou ninfomaníaca, mas não temam, jamais estive com seus maridos, porque nenhum deles me atrai.
– Pois olhem – diz a terceira –, confesso-lhes que sou lésbica, mas não se preocupem, porque nenhuma de vocês me interessa.
A quarta senhora levanta-se e diz:
– Vocês me desculpem, mas eu sou fofoqueira e tenho que dar alguns telefonemas urgentes.

13

O pescador diz pro caipira mineirinho:
– Você está aí já há quatro horas me vendo pescar. Não quer tentar?
– Num tenho paciência pra isso não, seu moço!

14

O mineirinho pergunta pro doutor:
– É o senhor que é o olhista?
– Não, eu sou o oculista.
– Vamo imbora, muié... tua doença é nos óio...

15

O mineirinho leva um amigo pra passar o fim de semana na fazenda onde nasceu e conta, todo saudoso:
– Tá vendo? Foi naquela casinha que eu nasci! Neste pomar aprendi as coisas da vida. Foi onde transei pela primeira vez... Me alembro como se fosse ontem!
– E cê lembra o que foi que ela disse?
– Me alembro, sim: "béééééé"!!!

16

Dez anos depois, a moça do censo voltou àquela cidadezinha do interior mineiro e constatou que a população não tinha aumentado nem diminuído. Então, perguntou a uma velha moradora:
– Caramba! Como isso pode acontecer?
– É fácil! Cada vez que nasce um bebê, foge um rapaz da cidade...

17

– Diga-me, Manoel, sua mulher faz sexo com você por amor ou por interesse?
– Olha, Joaquim, acho que é por amor...
– Como é que você sabe?
– Porque ela não demonstra nenhum interesse!

18

Um homem entra para um clube de nudismo muito exclusivo.
No seu primeiro dia ele tira as roupas e vai dar uma volta pelo clube. Uma linda loirinha passa por ele, e o cara imediatamente tem uma ereção.
A mulher percebe, aproxima-se e, dirigindo-se a ele, pergunta:
– Você chamou por mim?
O homem responde:

— Como assim?

Ela diz:

— Você deve ser novo no clube... Deixe-me explicar: é uma regra aqui, que se você tiver uma ereção, fica implícito que está chamando por mim!

Sorrindo, ela o leva para o lado da piscina, deita-se em uma toalha, puxa-o para si e deixa-o transar com ela.

O homem continua a explorar as dependências do clube. Ele entra na sauna e, ao sentar-se, peida. Em minutos aparece um cara forte, peludo, saindo da nuvem de vapor, dirige-se a ele e diz:

— Você chamou por mim?

O homem, surpreso, responde:

— Eu não, o que você quer dizer?

— Você deve ser novo aqui – diz o cara peludo –; é uma regra do clube, que, se você peidar, fica implícito que está chamando por mim...

O cara, fortão, facilmente vira-o de costas, curva-o para a frente e o enraba.

O novato cambaleia para o escritório do clube, onde é recebido com um sorriso pela simpática atendente pelada:

— Posso ajudá-lo, senhor?

O cara diz, puto da vida:

— Aqui está minha carteira do clube. Pode ficar com ela. E pode ficar com os R$ 5.000,00 da matrícula.

— Mas, senhor – ela responde –, o senhor só esteve aqui por algumas horas. Ainda nem deu para conhecer todos os nossos atrativos...

O homem responde:

— Olhe aqui, mocinha, tenho 68 anos de idade, consigo apenas uma ereção por mês, mas peido umas 15 vezes por dia. Tô fora!

19

Uma dona de casa recebe um amante todo dia em sua casa, à tarde, enquanto o marido trabalha. Durante suas safadezas, ela deixa o filhinho de nove anos trancado no armário do quarto. Certo dia, o marido chegou em casa e o amante ainda estava lá. Então ela trancou o amante no armário junto com o filho. Eles ficaram lá um tempo, até que o menino falou:
– Escuro aqui, não?
– É, está.
– Eu tenho uma bola de beisebol.
– Que legal!
– Quer comprar?
– Não!
– Meu pai está lá fora!
– Quanto você quer pela bola?
– R$ 250,00.
– Toma.

Uma semana depois, o marido torna a chegar cedo. O amante está na casa. O menino está no armário. O amante vai pro armário. Eles ficam lá em silêncio, até que o menino fala:
– Escuro aqui, não?
– É, está.
– Eu tenho uma luva de beisebol.
– Que bom.
– Quer comprar?
O homem, lembrando-se da semana passada:
– Claro, quanto é?
– R$ 750,00.
– Aqui está.

No fim de semana o pai chama o filho:

— Pega a bola e a luva e vamos jogar.
— Não dá, pai. Eu vendi tudo.
— Vendeu?? Por quanto?
— R$ 1.000,00.
— Filho! Você não pode ficar enganando seus amigos assim. Em lugar algum a gente paga tanto por isso. Vou levá-lo agora no padre pra que você confesse.

Chegando na igreja, o menino passa pela portinha, se ajoelha e fecha a portinha. Uma janelinha se abre para que o padre possa ouvi-lo.
— Meu filho, não tema, confesse e Deus te perdoará. Qual seu pecado?
— Escuro aqui, não?
— Não vá começar com essa merda de novo!

20

A família comia tranqüila, quando, de repente, a filha de dez anos comenta:
— Tenho uma má notícia... Não sou mais a Virgem!

E começa a chorar, visivelmente alterada, com as mãos no rosto e um ar de vergonha. Silêncio sepulcral na mesa. De repente, começam as acusações mútuas:
— Isto é por você ser como é! – dirige-se o marido à esposa. – Por se vestir como uma puta barata e se arreganhar para o primeiro imbecil que chega aqui em casa. Claro, com esse exemplo que a menina vê todo dia... E você – apontando a filha de 25 anos –, que fica se agarrando no sofá e lambendo aquele palhaço do seu namorado que tem jeito de veado? Tudo na frente da menina!

A mãe não agüenta mais e revida, gritando:
— E quem é o idiota que gasta metade do salário com as putas e se despede delas na porta de casa? Pensa que eu e as meninas somos cegas? E, além disso, que exemplo você pode dar se, desde que assinou essa maldita TV a cabo, passa todos os finais de semana assistindo a filmes pornô de quinta categoria e depois se acaba em punhetas, com direito a todos os tipos de gemidos e grunhidos?
Desconsolada e à beira de um colapso, a mãe, com os olhos cheios de lágrimas e a voz trêmula, pega ternamente na mão da filhinha e pergunta baixinho:
— Como foi que isso aconteceu, minha filha?
E, entre soluços, a menina responde:
— A professora me tirou do presépio! A Virgem agora é a Vanessa, eu vou fazer a vaquinha...

21

A bichinha estava indo à igreja, nariz todo empinado, com a Bíblia debaixo do braço. Nisso, passa um caminhão cheio de homens, gritando pra bichinha:
— Veaaaadooooo!!!!! Gaaaayyyyyy!!!!!! Queima-roscaaaa!!!!! Chuuuuupppp!!!!! Chuuuuupppp!!!! Morde-a-fronha!! Morde-a-fronha!!! Dorme-na-caixa!!!
De repente, o caminhão perde a direção, bate em um poste e explode. Morre todo mundo. A bicha pára, olha para o caminhão pegando fogo, solta a Bíblia no chão, coloca as mãos na cintura e diz:
— Jesus... Você arraaaasooouuuu!!!!!!!!!!

22

Jesus resolveu voltar à terra. E decidiu vir vestido de médico. Procurou um lugar para descer e escolheu, no Brasil, um posto de saúde do SUS. Viu um médico trabalhando havia muitas horas e morrendo de cansaço.
Jesus, então, entrou de jaleco, passando pela fila de pacientes, no corredor, até atingir o consultório médico. Os pacientes viram e falaram:
– Olha aí, vai trocar o plantão.
Jesus entrou na sala e disse ao colega que podia ir embora, pois ele iria "tocar" o ambulatório dali por diante. E, resoluto, gritou:
– O próximo!
Entrou no consultório um homem paraplégico, em uma cadeira de rodas. Jesus levantou-se, olhou bem para o sujeito e, com a palma da mão direita sobre a sua cabeça, disse:
– Levanta-te e anda!
O homem levantou-se, andou e saiu do consultório empurrando a própria cadeira de rodas. Quando chegou ao corredor, o próximo da fila perguntou-lhe:
– E aí, como é esse novo doutor?
Ele respondeu:
– Igualzinho aos outros... nem examina a gente!

23

Um casal de velhinhos entra no McDonald's e pede um hambúrguer, uma porção de batata frita, uma Coca-Cola e um copo extra. Sentam-se e o velhinho divide o hambúrguer exatamente ao meio, divide as batatas uma a uma e, depois, divide a Coca-Cola entre os dois copos. O velhinho começa a comer a sua metade do lanche, enquanto a velhinha fica olhando.

Um funcionário, que assistia à cena, se comove e oferece ao casal um lanche a mais, pago do seu bolso, para que eles não tivessem que repartir um lanchinho tão pequeno. O velhinho agradece e responde com voz trêmula:

– Estamos casados há mais de cinqüenta anos e a vida toda sempre dividimos tudo meio a meio. Obrigado pela sua gentileza, de qualquer forma.

O funcionário, então, pergunta se a velhinha não vai comer a sua metade, e ela responde:

– Daqui a pouco, meu filho... tô esperando a dentadura...

24

A adolescente de 17 anos foi ao pronto-socorro com fortes dores na pelve. A mãe, desesperada, pergunta ao médico:

– O que houve, doutor?

– Sua filha está com o clitóris igual a uma tampinha de caneta Bic!!

– Está azul, doutor?!

– Não... todo mordido!!

25

A esposa passou a noite fora de casa. Na manhã seguinte,

explicou ao marido que tinha dormido na casa de sua melhor amiga. O marido telefonou, então, para dez das suas melhores amigas. Nenhuma delas confirmou.

O marido passou a noite fora de casa. Na manhã seguinte, explicou à esposa que tinha dormido na casa de seu melhor amigo. A esposa telefonou, então, para dez dos seus melhores amigos. Os dez confirmaram, sendo que cinco garantiram que ele ainda estava lá...

26

O nono estava hospitalizado, e os filhos, netos e bisnetos vieram de todos os cantos do mundo para vê-lo. Os médicos deixaram que os parentes levassem-no embora, para cumprir seu último desejo, de morrer em casa, ao lado de seus queridos. No quarto, as visitas foram se revezando, para tentar consolar o nono e dar-lhe conforto em seu derradeiro momento. De repente, o nono sentiu um aroma de comida que vinha da cozinha. Era a nona tirando do forno uma fornada de pastiere. Os olhos do nono brilharam e ele se reanimou. Então, pediu ao bisneto, que estava ao lado da cama:

– Piccolo mio, vá lá na cojina e pede um pedaxo de pastiere pra nona.

O garoto foi e voltou muito rápido.

– E o pastiere? – perguntou o nono.

– A nona disse que não!

– Ma per que non, porca miséria?

– A nona disse que é pro velório!!!

27

Um casal de primos, Zezim e Mariazinha, caminhava pelo pasto de uma fazenda no interior de Goiás, até que viram um cavalo transando com uma égua, e Mariazinha, curiosa, logo perguntou:
– Primo Zezim, o que é aquilo?
– Eles tão acasalando, sô! A égua tá no cio, o cavalo percebeu isso e tá mandando brasa!!!
– Mas como é que o cavalo sabe que ela tá no cio, primo Zezim?
– Aaaaara, Mariazinha, é que o cavalo sente o cheiro da égua no cio, sô!
Passaram adiante, e tinha um bode transando com uma cabra; a prima Mariazinha perguntou de novo, e o primo deu a mesma resposta. Mais à frente, lá estava um boi pegando uma vaca, e ela tornou a perguntar, e ele deu a mesma resposta: que o boi também sentia o cheiro da vaca no cio.
Foi aí que Mariazinha perguntou:
– Ô primo, se eu preguntá uma coisa procê, ocê jura que num vai ficá chatiado?
– Craro que não, prima! Ocê pode preguntá!
– Ocê tá com o nariz intupido?

28

Uma instituição de caridade nunca tinha recebido uma doação de um dos advogados mais ricos da cidade, que era também judeu. O diretor da instituição decidiu ir pessoalmente falar com ele:

— Nossos registros mostram que o senhor ganha mais de R$ 300.000,00 por ano, e assim mesmo, o senhor nunca fez uma pequena doação para nossa instituição de caridade. Gostaria de contribuir agora? Que tal?
O advogado respondeu:
— A sua pesquisa apurou que minha mãe está muito doente e que as contas médicas são muito superiores à renda anual dela?
— Ah, não... — murmurou o diretor.
— Ou que meu irmão é cego e desempregado? — continuou o advogado.
O diretor nem se atreveu a abrir a boca.
— Ou que o marido da minha irmã morreu num acidente e deixou-a sem um tostão e com cinco filhos menores para criar? — falou o advogado, já com ar de indignação.
O diretor, já sentindo-se humilhado, falou:
— Eu não tinha a menor idéia de tudo isso...
— Então — disse o advogado —, se eu não dou um tostão para eles, por que iria dar para vocês?!

29

Um marido muito ciumento levou a mulher ao ginecologista. Lá, ficou angustiado porque o doutor não o deixou entrar para acompanhar os exames.
No carro, voltando para casa, encheu a mulher de perguntas:
— Ele examinou os seus seios?
— Arrã. Apalpou e disse que estão firmes, que não há nódulos.
— E de suas coxas, o que ele disse?
— Disse que estão bem, sem celulite, sem varizes e sem estrias.

– E a sua "borboletinha"? Ele examinou? O que disse?
– Disse que está tudo bem, sem corrimento, que o colo do útero está ok.
– E o bundão? O que ele disse do bundão?
– Olha, na verdade ele só falou de mim. Sobre você ele não disse nada...

30

Manuel chega na zona e pergunta pra cafetina:
– Quanto está a custaire o coito com uma das meretrizes?
– Depende do tempo – diz a cafetina.
– Pois baim... suponhamos que chova!

31

Um francês, um argentino e um brasileiro estão visitando a Arábia Saudita, e resolvem tomar umas doses de uísque, quando a polícia aparece e os prende. A simples posse de bebida alcoólica é um crime grave naqueles lados, e os três são sentenciados à morte, num julgamento sumário. Entretanto, depois de vários meses e com a ajuda de bons advogados, eles conseguem que a sentença seja transformada em prisão perpétua.
Por um capricho da sorte, no aniversário do país, o benevolente Sheik resolve abrandar ainda mais a pena e decreta que os três poderão ser soltos após receber vinte chibatadas cada. Quando eles estão se preparando para a punição, o Sheik anuncia:

– Hoje é aniversário de minha esposa, e ela pediu-me que permitisse a cada um de vocês um desejo antes da punição.

O francês foi o primeiro da fila; pensou um pouco e pediu:

– Por favor, amarrem dois travesseiros nas minhas costas.

Assim foi feito, mas os travesseiros só duraram dez chibatadas antes que se completasse a punição, e quando tudo terminou ele teve que ser carregado sangrando e com muita dor.

O argentino, sabido como sempre, viu o que tinha acontecido e pediu:

– Por favor, amarrem quatro travesseiros nas minhas costas.

Porém, mesmo assim, após 15 chibatadas os travesseiros não suportaram e o argentino foi levado sangrando e maldizendo o acontecido.

O brasileiro foi o último, e, antes que pudesse fazer o seu pedido, foi interrompido pelo Sheik:

– Você é de um país belíssimo, do futebol e das mulatas. Eu adoro o Brasil, e vou lhe agraciar com dois pedidos antes da punição.

– Obrigado, Sua Alteza – disse o brasileiro. – Em reconhecimento à sua bondade, meu primeiro desejo é que eu receba cem chibatadas, e não vinte, como previsto, pois eu me sinto culpado pelo ocorrido.

Ao que o Sheik respondeu:

– Além de ser honrado e gentil, o senhor também é um homem corajoso. Que assim seja! Mas e seu segundo pedido?

Ao que o brasileiro complementou:

– Quero que amarrem o argentino às minhas costas.

32

Um argentino estava sendo entrevistado na TV. Perguntaram-lhe:
– Qual a pessoa que mais admira?
– Dios!
– E por quê?
– Bueno, fue el quien me criou!

33

A filha para a mãe:
– Mamãe, quando eu vou ter seios tão grandes como os seus?
– Daqui a alguns anos.
– Que merda! Estava precisando para este sábado...

34

Casada há trinta anos, quatro filhos, décadas de total dedicação ao lar, uma mulher olha-se no espelho do quarto e lamenta-se para o marido, que está na cama:
– Nossa, como estou velha! E estas rugas! Estes peitos caídos!! E quanta celulite!! E esta barriga, então?... Estou um caco, no fim da linha!
E o marido, em meio a um bocejo:

– Que é isso, não fica tão desanimada! Pelo menos a visão está boa...

35

O ceguinho estava havia tempos sem dar uma... E vivia pedindo:
– Arruma uma mulher pro ceguinho, arruma!
Um amigo, já de saco cheio, resolve dar uma força pro ceguinho, e diz que vai arrumar uma mulher pra ele. O ceguinho vai pra casa e fica esperando. Logo batem na porta.
– Quem é?
– É a Sueli. Vim a mando de um amigo pra resolver o seu problema.
O ceguinho, todo entusiasmado, abre a porta, e a mulher entra e senta-se na cama. Ele pergunta:
– Como você está vestida, hein? Hein? Hein?
– Botinha de couro, saia justa, blusinha de seda e nada por baixo! – diz ela.
– Ahhhh... – suspira o ceguinho. – É hoje! Tira a botinha, tira! Como é que você está agora?
– Descalça, deitada na cama!
– Ai, meu Deus, é hoje! Tira a blusinha, tira! Como é que você está agora?
– De seios nus, só de sainha!
– Tira a saia. Tira a saia, pelo amor de Deus! E agora? Como está?
– Estou nua, deitada na cama, só esperando meu garanhão dizer como quer!

— Sueli... Você já fez 69?
— Ainda não! Faço daqui a dois meses...

36

Um cara vê uma mulher linda, com seios espetaculares, saltar do ônibus. Corre até ela e pergunta:
— Deixa eu morder seus seios por R$ 50,00?
— Você deve estar maluco — diz a moça.
— E por R$ 500,00 você deixa?
— Olha, não me leve a mal, mas não sou desse tipo de mulher.
De olho no volume dos melões, ele insiste:
— Por R$ 5.000,00 você deixa eu morder esses seus seios maravilhosos?
A mulher hesita, pensa um pouco e finalmente responde:
— Por R$ 5.000 tudo bem. Então vamos até aquele cantinho.
Ela abre a blusa, deixa os seios à mostra e libera tudo pro cara. O sujeito beija, passa as mãos, encosta a cabeça, lambe, chupa e nada de morder.
Até que a mulher perde a paciência:
— Você não vai morder?
— Eu não! É muito caro!

37

Um grupo de anões decide jogar futebol. Alugam um campinho de várzea e vão pra lá contentes e eufóricos. Ao chegar,

percebem que não existe vestiário, então, decidem vestir o uniforme no banheiro do boteco que ficava ali perto. Todos entram e se dirigem para o fundo do bar, onde se localizava o banheiro. Chega um bêbado e pede uma birita. Após alguns minutos, passam por ele os anões jogadores de azul. O bêbado não entende a cena, mas continua bebendo. Em seguida, os anões jogadores de vermelho também passam por ele. O bêbado chega pro dono do bar e diz:
– Aí, gente boa, fica esperto que o seu pebolim tá fugindo...

38

O rapaz ia em alta velocidade numa bela rodovia quando viu o cartaz: "Irmãzinhas de São Francisco, Casa de Prostituição, 10 km". Pensou que fosse um erro. Mas reduziu a velocidade. Um pouco à frente, lá estava outro cartaz: "Irmãzinhas de São Francisco, Casa de Prostituição, 5 km". Era verdade! Pouco à frente, outro cartaz: "Irmãzinhas de São Francisco, Casa de Prostituição, entre à direita". Ele entrou.
Havia um grande estacionamento e, ao fundo, um prédio de pedra. Na frente, uma placa: "Irmãzinhas de São Francisco". Ele não resistiu: tocou a campainha.
Uma freira já idosa, de longo hábito negro, recebeu-o gentilmente:
– Que deseja, senhor?
– Vi o cartaz lá fora e me interessei.
– Pois não, senhor – respondeu a freira. – Siga-me, por favor.
Atravessaram vários corredores e a freira lhe indicou uma porta fechada.

— É aqui, senhor. Por favor, bata à porta – disse ela, e em seguida retirou-se.

Ele bateu à porta e outra freira, também idosa, também num longo hábito negro, estendeu-lhe uma caneca de lata.

— Por favor, cavalheiro, coloque R$ 100,00 nesta caneca.

Ele colocou o dinheiro e a freira explicou-lhe:

— Siga reto até aquela porta grande. Está destrancada.

O rapaz seguiu as instruções, abriu a porta e entrou rapidamente. A porta fechou-se atrás dele. E, surpreso, viu-se de novo no estacionamento. Bem ao lado, havia um cartaz: "Siga em paz. As Irmãzinhas de São Francisco acabam de foder com você, seu pecador".

39

Uma loira está no carro com o namorado, num namoro desenfreado. Beijo puxa beijo, e então, lá pelas tantas:

— Não quer ir para o banco de trás? – pergunta ele, com visível tesão.

— Para o banco de trás? Não.

E o namoro continua, mais beijo, mais festa, mais aperto, mais amasso e...

— Não quer mesmo ir para o banco de trás? – diz ele, ainda com mais vontade.

— Não, não quero.

O pobre rapaz, já meio desnorteado, continua lá no beija--beija, esfrega-esfrega, até que...

— Vá lá! Tem certeza de que não quer ir para o banco de trás? – diz ele, já desesperado.

– Mas que coisa! Já disse que não! Claro que não!
E ele, desesperadíssimo:
– Mas por quê?
– Porque prefiro ficar aqui, perto de você!

40

Maria e Manuel vão ao Teatro Municipal assistir ao espetáculo "A Morte do Cisne".
Maria, muito cansada após um longo dia de trabalho, dorme profundamente durante a maior parte da apresentação. Acorda, sem graça, e pergunta ao marido:
– Manuel, dormi. Será que alguém da platéia notou?
Responde o Manuel:
– Da platéia não sei, mas os artistas sim, pois há horas que caminham na pontinha dos pés para não te acordar...

41

O português foi para o Japão e comprou um par de óculos cheio de tecnologia, que permitia ver as mulheres peladas. Manuel coloca os óculos e começa a ver todas as mulheres peladas, e fica encantado. Põe os óculos – peladas! Tira os óculos – vestidas! Que maravilha! Ai, Jesus!!!!!!
E assim foi Manuel para Portugal, louco para mostrar a novidade para a mulher, Maria. No avião, sente-se o máximo vendo as aeromoças todas peladas. Quando chega em casa, já coloca

os óculos para pegar Maria pelada. Abre a porta e vê Maria e o compadre no sofá pelados. Tira os óculos: pelados! Põe os óculos: pelados! Tira: pelados! Põe: pelados! E Manuel, então, diz:
— Puta que pariu! Esta merda já quebrou!

42

Uma senhora decidiu saber se os maridos das suas três filhas gostavam dela. Foi dar uma voltinha com o primeiro, e, na beira de um lago, escorrega, cai e, sem saber nadar, começa a se afogar. O cara, sem vacilar, pula na água e a resgata. No dia seguinte, ele encontra na porta da sua casa um Peugeot 206 com o seguinte recado: "Obrigada. Da tua sogra que te adora".

A mulher foi, então, dar uma voltinha com o segundo, e na beira do mesmo lago escorrega, cai e começa a se afogar. O cara, sem vacilar, pula na água e a resgata. No dia seguinte, encontra na porta da sua casa um Peugeot 206 com o seguinte recado: "Obrigada. Da tua sogra que te adora".

A mulher saiu, então, com o terceiro, e na beira do lago escorrega, cai e, de novo, começa a se afogar. O cara fica olhando para a mulher se afogando e diz:
— Velha de merda... Fazia anos que eu esperava por isso!!!

E vai embora. No dia seguinte encontra na porta da sua casa um Mercedes-Benz SL 350 com o seguinte recado: "Obrigado. Do teu sogro que te adora".

43

Num mercado, dois homens se esbarram com seus carrinhos:
— Desculpe, eu estava meio distraído. Estou procurando a minha mulher, não sei onde ela se meteu.
— Mas que coincidência, eu também estou procurando a minha mulher... A propósito, como é a sua?
— Ela é morena, tem um corpo de violão, cabelos pretos até a cintura, com peitos duros empinados para a frente, e está usando um vestido preto, meio transparente, com um decote grande na frente. E a sua?
— A minha que se foda, vamos procurar a sua.

44

— Mamãe, mamãe! Por que o papai não tem cabelo?
— Porque ele trabalha muito, é cheio de preocupações e é muito inteligente.
— Ah, e por que você tem tanto cabelo?
— Cala a boca.

45

— Mamãe, mamãe... eu já tenho 13 anos, me compra um sutiã??
— Não.
— Vamos, mamãe... compra um sutiã pra mim...
— Eu já disse NÃO!!!

– Mas mamãe, eu já tenho 13 anos...
– Não me amole, Artur!

46

– Mamãe, mamãe... o que é um orgasmo?
– Não sei, querido, pergunte pro seu pai.

47

– Mamãe, mamãe... na escola me chamaram de mafioso.
– Amanhã mesmo vou resolver isso, meu filho.
– Bom... mas faça tudo parecer um acidente, mamãe.

48

– Mamãe, mamãe... o leiteiro chegou. Tem dinheiro para pagar ou eu tenho que ir brincar lá fora???

49

– Mamãe, mamãe... eu não quero conhecer meu avô...
– Cale-se e continue cavando.

50

– Mamãe, mamãe... uma menina de oito anos pode engravidar???
– Ai... Claro que não!
– Oooooba!!!!

51

– Mamãe, mamãe... deixei as drogas...
– Graças a Deus!
– Sim... mas não me lembro onde.

52

– Mamãe, mamãe... me leva no circo???
– Não, filho... Se querem te ver, que venham aqui em casa.

53

– Mamãe, mamãe... no colégio um menino me chamou de mariquinha...
– E por que você não bate nele???
– Ai, é que ele é tão lindo...

54

– Mamãe, mamãe... é verdade que descendemos dos macacos??
– Não sei, filho. Seu pai nunca quis me apresentar a família dele...

55

– Mamãe, mamãe... na escola me chamaram de dentuço...
– Não lhes dê bola, Marcos. E feche a boca que está riscando o chão.

56

– Mamãe, mamãe... se Deus nos dá o que comer, a cegonha traz os bebês, e Papai Noel os presentes no Natal... posso saber para que serve o papai???

57

O gerente para o cara recém-contratado:
– É o seguinte: aqui eu só chamo as pessoas pelo sobrenome. É para demonstrar autoridade e não mostrar intimidade. Entendeu? Meus empregados aqui são o Cavalcanti, o Penteado, o Botelho, o Batista e assim por diante. Como é o seu nome?

– João Paixão.
– Ok, João, pode começar a trabalhar.

58

Uma loira encontra na rua uma antiga amiga de colégio:
– Oi, amiga, você está sumida! Cortou o cabelo, né? Tá chique! É, sim... Tá bem mais magra. O que você está fazendo da vida?
– Estou fazendo quimioterapia.
– Onde? Na PUC ou na federal?

59

Enquanto isso, numa escola norte-americana:
– Michael, o que você fez no recreio?
– Brinquei na areia, tia.
– Muito bem, Michael. Se você escrever na lousa a palavra "areia" corretamente, você leva um dez.
O garoto escreve corretamente, e a professora exclama:
– Muito bem! Ganhou um dez. Agora você, Peter. O que é que você fez no recreio?
– Eu também brinquei na areia, miss Daisy.
– Certo. Se você escrever na lousa a palavra "brincar" corretamente, também leva um dez.
O garoto escreve corretamente, e a professora exclama:
– Ótimo! Um dez para você também. Sua vez, Ahmed. O que você fez no recreio?

– Eu também queria brincar na areia, mas eles não deixaram.
– Mas que horror! Isso é discriminação contra um grupo étnico minoritário, subjugado pelas classes sociais burguesas e imperialistas! Olha, Ahmed, se você escrever corretamente "discriminação contra um grupo étnico minoritário, subjugado pelas classes sociais burguesas e imperialistas", você também ganha um dez.

60

Era um casal com cerca de 15 anos de casados. Eles acabam de se deitar. Ela se prepara para dormir, enquanto ele lê um livro. De repente, a mão dele desliza carinhosamente pelo corpo de sua querida esposa, até chegar ao seu veículo de prazer. O marido acaricia suavemente a região por alguns segundos e pára. Ela se vira para ele e pergunta:
– E aí? É só isso?
– Só isso o quê? – pergunta ele.
Ela responde:
– Ué! Você me acaricia por cinco segundos e depois pára. Você não acha que é pouco?
Ele se justifica:
– Ah! Eu só queria molhar o dedo para virar a página!

61

Um brasileiro entra na delegacia de polícia e dirige-se ao titular:

– Vim entregar-me; cometi um crime, e desde então não consigo viver em paz.

– Meu senhor, as leis aqui são muito severas e são cumpridas; se o senhor é mesmo culpado, não haverá apelação nem dor de consciência que o livre da cadeia.

– Atropelei um argentino na estrada, ao sul da cidade.

– Ora, meu amigo, como o senhor pode se culpar se esses argentinos atravessam as ruas e as estradas a todo momento?

– Mas ele estava no acostamento.

– Se estava no acostamento é porque queria atravessar; se não fosse o senhor, seria outro qualquer.

– Mas não tive nem a hombridade de avisar a família daquele homem, sou um crápula!

– Meu amigo, se o senhor tivesse avisado, haveria manifestação, repúdio popular, passeata, repressão, pancadaria, e morreria muito mais gente; o senhor é um pacifista, merece uma estátua.

– Eu enterrei o pobre homem ali mesmo, na beira da estrada.

– O senhor é um grande humanista – enterrar um argentino! É um benfeitor, outro qualquer o abandonaria ali mesmo, para ser comido por urubus e outros animais, provavelmente até hienas.

– Mas enquanto eu o enterrava, ele gritava: "estoy vivo, estoy vivo!!"

– Tudo mentira, esses argentinos mentem muito.

62

Um francês, um inglês e um brasileiro estão no Louvre, diante de um quadro de Adão e Eva no Paraíso. Diz o francês:

– Olhem como os dois são bonitos! Ela, alta e magra, ele,

másculo e bem-cuidado; devem ser franceses!
E o inglês:
– Que nada! Veja os olhos deles, frios, reservados... Só podem ser ingleses!
E o brasileiro:
– Discordo totalmente! Olhem bem! Não têm roupa, não têm casa, só têm maçã pra comer e ainda pensam que estão no paraíso... Só podem ser argentinos!

63

O presidente argentino foi visitar o presidente boliviano, e, no palácio do governo, ele viu um telefone vermelho. Curioso, quis saber:
– Presidente, qué es ese teléfono rojo?
– Ah, con este teléfono, hablo directamente con el infierno!
– Con el capeta?
– Si, con él mismo...
Para que o outro saciasse sua curiosidade, o presidente boliviano fez a ligação para o inferno e, depois de dois minutos, a telefonista disse:
– Su llamada costó 20 mil pesos!
O presidente boliviano disse:
– 20 mil pesos... muy bien... no és tan caro...
O presidente argentino ficou tão impressionado que decidiu colocar um telefone vermelho no seu gabinete, no palácio do governo. Depois de instalarem o telefone, o presidente argentino ficou mais de três horas conversando com o diabo. Ao final do bate-papo, a telefonista disse:

– Su llamada costó 1 peso...
O presidente argentino ficou assustado:
– Pero, como solamente 1 peso? Yo hablé más de três horas con el diablo... Mi amigo, el presidente boliviano, habló solamente dos minutos y su llamada costó 20 mil pesos... Como puede explicarlo, señorita?
Aí, a telefonista explicou:
– Su llamada és local!

64

– Por que o Manuel guarda uma garrafa vazia na geladeira?
– Porque sempre aparece alguém na casa dele que não bebe nada!

65

– Por que o português não pega ônibus?
– Porque está escrito "Mantenha distância".

66

– Por que moto-táxi não deu certo em Portugal?
– Porque não tinha lugar para o passageiro: o cobrador ia junto com o motorista.

67
– Por que o português coloca pastel dentro do leite?
– Para tomar leite pastelrizado.

68
– Um clube pegou fogo em Portugal. Morreram todos carbonizados. Sabe por quê?
– Não permitiram que os bombeiros entrassem, pois não eram sócios.

69
– O que fazem 17 portugueses na frente do cinema?
– Esperam mais um português, pois o filme é proibido para menores de 18.

70
– Um dia, um português foi contratado para pintar faixas de uma estrada. No primeiro dia, ele pintou 45 km de faixas, no segundo dia pintou apenas 4,5 km, e no terceiro dia, pintou somente 1 km. Por quê?
– Quanto mais ele pintava, mais longe a lata de tinta ficava.

71

– Qual a diferença entre um estudante português burro e um estudante português inteligente?
– O burro copia tudo o que a professora escreve no quadro, e, quando ela apaga o quadro, ele apaga tudo no caderno. O inteligente não copia nada, porque já sabe que a professora vai apagar mesmo.

72

– Como português faz leite em pó?
– Congela o leite e rala.

73

– Por que o português não molha a cabeça antes de passar xampu?
– Porque ele usa xampu para cabelo seco.

74

– Por que o carro elétrico não deu certo em Portugal?
– Porque nos primeiros cem metros a tomada soltou.

– Por que o português não toma leite gelado?
– Porque ele não consegue colocar a vaca na geladeira.

76

A mulher procura um médico, porque está preocupada com as rugas, e ouve-o falar:
– Tenho um tratamento revolucionário para acabar com suas rugas. Eu coloco um parafuso no topo da sua cabeça, escondido no couro cabeludo. Aí, toda vez que você vir rugas aparecendo, basta dar um pequeno giro no parafuso que sua pele é puxada para cima e as rugas desaparecem. Quer experimentar esse tratamento?
– Claro, doutor! Isso é o máximo!
Seis meses depois, a mulher volta para uma consulta:
– Doutor, essa técnica do parafuso é ótima, mas apareceram essas bolsas horríveis embaixo dos meus olhos. O senhor devia ter me avisado desse efeito colateral!
– Minha senhora, essas bolsas embaixo dos olhos são seus peitos. E se não deixar esse parafuso quieto, em 15 dias você vai ter barba.

77

O bêbado, no ponto de ônibus, olha para uma mulher e diz:
– Você é feia, hein?

A mulher não diz nada. E o bêbado insiste:
— Nossa, mas você é feia demais!
A mulher finge que não ouve. E o bêbado torna a dizer:
— Puta merda! Você é muito feia!
A mulher não se agüenta e diz:
— E você é um bêbado!
— É, mas amanhã eu melhoro...
Então ele entrou no ônibus. Logo na roleta, cambaleando, disse ao cobrador:
— Se meu pai fosse um gato e minha mãe uma gata, eu seria um gatinho! — e continua:
— Se meu pai fosse um cachorro e minha mãe uma cachorra, aí eu seria um cachorrinho! —
e mais:
— Se meu pai fosse um touro e minha mãe uma vaquinha, aí eu seria um bezerrinho!
O cobrador, nervoso, pergunta:
— E se o seu pai fosse um veado e sua mãe uma puta?
— Aí eu seria cobrador de ônibus!
Saindo da roleta, o bêbado grita:
— Hoje eu quero comer um cu!
Todos os passageiros olham assustados para ele, que, ao ver a reação, diz:
— Calma, gente, eu só quero um!
Já na parte de trás do ônibus, grita de novo:
— Desse banco pra frente todo mundo é corno! E daqui pra trás todo mundo é veado!
Ao ouvir isso, levantam-se alguns dos passageiros, xingando o bêbado e ameaçando cobri-lo de porrada.
O motorista, para evitar confusão, freia forte e todos caem.
Um deles se levanta, pega o bêbado pelo colarinho e pergunta:

– Fala de novo, safado. Quem é corno e quem é veado?
– Agora eu não sei mais. Misturou tudo!
Ele então desce do ônibus, entra logo num boteco e pede:
– Coloca aí dez pinga pra mim!
O dono obedeceu e colocou dez pingas para o bêbado, que bebeu todas.
– Coloca agora cinco pinga!
O dono colocou, o cara bebeu todas e disse:
– Agora coloca só três, viu?
Bebeu as três num gole só, fez aquela careta típica de pingaiada e pediu:
– ZZZZZZó uma agora! ZZZZZZó mais uma!
O bêbado bebeu aquela, deu uma cambaleada e concluiu:
– Eu num tô enZenZendo... Quanto menossss eu bebo, mais eu fico tonto!
Antes de ir embora ele pede um maço de cigarros, que traz escrito na lateral: "O MINISTÉRIO DA SAÚDE ADVERTE: cigarro pode causar impotência sexual". Assustado, gritou pro garçom:
– NÃO. Este aqui, não!!! Me dá aquele que causa câncer.
Sai do boteco, todo embriagado, e consegue chegar em casa, com muito custo. Abre a porta e vai correndo para o banheiro. Assustado, corre para o quarto e acorda a mulher:
– Ô, muié... Essa casa tá mal-assombrada! Eu abri a porta do banheiro e a luz acendeu sozinha. Depois, fechei a porta e a luz apagou sozinha...
A mulher, puta da vida, grita:
– Filho da puta!!! Você mijou na geladeira de novo!!!!
Enxotado de casa pela mulher, que não tava a fim de dormir cheirando bafo de pinga, vai a um beco, acaba dormindo no chão e tem o relógio roubado. No dia seguinte, já curado da

manguaça, ao andar pela rua, vê um cara usando o seu relógio, e se aproxima dele dizendo: – Ei, cara, esse relógio é meu!
– Que seu, que nada. Esse relógio eu peguei de um bêbado que eu comi ontem lá no beco.
– Tem razão, não é meu mesmo. Mas que parece, parece!!!!

78

– Como é que se chama um traficante armado até os dentes?
– É melhor chamar, no mínimo, de senhor...

79

– Como é que se faz um monte de velhinhas gritar "merda"?
– É só gritar "bingo"!!!

80

Dois baianos estirados nas redes estendidas na sala:
– Oxente, será que tá chovendo?
– Sei não, meu rei...
– Vai lá fora e dá uma olhada...
– Vai você...
– Vou não, tô cansadão...
– Então, chame nosso cão...

– Oxente, chame você...
– Ô Fernando Afonso!
O cachorro entra na sala, pára e deita de costas para os dois.
– E então, meu rei, tá chovendo?
– Tá não.. O cão tá sequinho.

81

Um advogado e sua sogra estão em um edifício em chamas. Você só tem tempo para salvar um dos dois. O que você faz? Vai almoçar ou vai ao cinema?

82

– Por que Hitler odiava os judeus?
– Porque ele não conhecia os argentinos.

83

Quatro baianos assaltam um banco e param o carro uns quilômetros à frente. Um deles pergunta ao chefe da quadrilha:
– E aí, meu rei? Vamos contar o dinheiro?
– E pra que esse trabalhão? Vamos esperar o noticiário da TV...

84

— Meu rei, veja aí pra mim... A braguilha da minha calça tá aberta?
— Olhe... Tá não...
— Então vou deixar pra mijar só amanhã...

85

Três horas da tarde. Dois baianos encostados numa árvore à beira da estrada. Passa um carro em alta velocidade e deixa voar uma nota de R$ 100,00, mas o dinheiro vai cair do outro lado da estrada. Passados cinco minutos, um fala para o outro:
— Rapaz, se o vento muda, a gente ganha o dia...

86

A mãe do baiano vai viajar para o exterior e pergunta ao filho:
— Quer que mãinha lhe traga alguma coisa da viagem, meu dengo?
— Ô minha mãe... por favor, me traga um relógio que diz as horas...
— Ué, meu cheiro... e o seu não diz, não?
— Diz não, mãinha... eu tenho de olhar nele pra saber...

87

O baiano deitadão na varanda:
– Ô mãinha, a xente temos aí pomada pra queimadura de taturana?
– Por que, meu dengo? Uma taturana encostou em ti, foi?
– Foi não, mas tá chegando perto...

88

Na sala de aula:
– Juquinha, em quantas partes se divide o crânio?
– Depende da porrada, fessor...

89

Conversa de casados:
– Querido, o que você prefere? Uma mulher bonita ou uma mulher inteligente?
– Nem uma, nem outra. Você sabe que eu só gosto de você.

90

A mulher comenta com o marido:
– Querido, hoje o relógio caiu da parede da sala e por pouco

não bateu na cabeça da mamãe...
— Maldito relógio!!! Sempre atrasado.

91

— Onde você estava? — pergunta a mãe à menininha.
— No quarto, brincando de médico com o Joãozinho.
— De médico!?! — a mãe dá um grito e pula da cadeira.
— Médico do SUS, mãe... Ele nem me atendeu!

92

O pai diz ao Joãozinho:
— Não sei se você se dá conta de que seus estudos me custam uma fortuna!
Joãozinho responde ironicamente:
— Imagine só! Eu sou um dos que menos estudam...

93

A titia pergunta pro Joãozinho:
— O que você vai fazer quando for grande como a titia?
O Joãozinho responde:
— Um regime!

94

Um americano, um brasileiro e um português sobreviveram a um naufrágio. Eles nadaram, nadaram, até que avistaram uma ilha.
– Ufa! Estamos salvos! – gritaram. Logo que chegaram à tal ilha, perceberam que era habitada por nativos pouco amigáveis. Então foram tentar conversar com eles:
– Oi, somos sobreviventes de um naufrágio. Poderiam nos ajudar?
– Não, vocês não podem ficar aqui.
– Mas, por favor – choramingavam –, deixem-nos ficar... Vamos morrer se não nos deixarem ficar... Por favor!
– Tudo bem, tudo bem, mas, para ficar aqui, cada um dos três terá que nos trazer duas frutas!
Então os três imbecis foram atrás das frutas. O primeiro a voltar foi o americano, com uma ameixa e uma uva. Então o nativo-mor falou:
– Agora você coloca as duas frutas no cu. Se rir, morre!
O americano colocou a ameixa, beleza; colocou a uva e riu. Foi decapitado.
Mais tarde veio o brasileiro, com uma maçã e uma laranja. O nativo-mor falou a mesma coisa: "...Se rir, morre!" O brasileiro, no sacrifício, colocou a maçã, e na hora da laranja caiu na gargalhada. Teve o pescoço cortado.
Mais tarde os dois se encontraram no céu, e o brasileiro falou para o americano:
– E aí, você riu também, né?
– Pois é, a uva estourou quando eu tava colocando, fez cosquinha, eu não agüentei e ri. E você?
– Ah, eu fiz um tremendo sacrifício para colocar a maçã, e

quando tava colocando a laranja, vi o português chegando com uma jaca e um abacaxi!!!

95

Um grupo de cubanos abandona a ilha rumo a Miami. No meio da viagem, um dos cubanos, o mais velho, sofre um ataque cardíaco e pede, como último desejo, uma bandeira para se despedir de sua querida Cuba. Os outros começam a procurar em bolsas, sacolas e em todos os lugares onde pudesse estar guardada uma bandeira de Cuba. Depois de algum tempo, eles se dão conta de que não há nenhuma bandeira de Cuba no barco.
Mas uma jovem de vinte anos, vendo o sofrimento do velho, disse que tinha tatuado na bunda a bandeira de Cuba e se ofereceu para ajudar. A mulher virou-se de costas para o moribundo, baixou as calças e mostrou-lhe a bunda com a bandeira tatuada. O velho agarrou a moça com força e beijou a bandeira emocionado, enquanto gritava:
– Mi querida Cuba, me despido com recuerdos, mi vieja Havana, linda terra!
O velho continuou com beijos e mais beijos na bandeira. Depois de um tempo ele disse à moça:
– Ahora vira de frente que quiero me despedir de Fidel!!!

96

Uma vez um homem disse: "Nunca soube o que é estar realmente feliz até me casar! Aí, já era tarde demais..."

97

Um homem colocou nos classificados: "Procura-se esposa". No dia seguinte ele recebeu centenas de cartas. Todas diziam a mesma coisa: "Pode ficar com a minha".

98

Um homem estava se queixando a um amigo:
– Eu tinha tudo – dinheiro, uma casa bonita, um carro esporte, o amor de uma linda mulher, e então... tudo se acabou.
– O que aconteceu? – perguntou seu amigo.
– Minha mulher descobriu!!

99

Um homem bem-sucedido é o que ganha mais dinheiro do que sua mulher pode gastar. Uma mulher bem-sucedida é a que acha esse tipo de homem.

100

Um homem entra em sua casa correndo e grita para a mulher:
– Marta, arruma as suas coisas. Eu acabei de ganhar na loteria!
Marta pergunta:

– Você acha que eu devo levar roupas para frio ou para calor?
O homem responde:
– Leve tudo, você é que vai embora

101

Um casal estava discutindo sobre as finanças. O marido explodiu e falou:
– Se não fosse pelo meu dinheiro, esta casa não estaria aqui.
A mulher respondeu:
– Querido, se não fosse pelo seu dinheiro, eu não estaria aqui.

102

Um homem contou que seu cartão de crédito fora roubado, mas ele decidiu não avisar a polícia porque o ladrão estava gastando menos que a sua mulher.

103

O primeiro cara (todo orgulhoso):
– Minha mulher é um anjo.
O segundo cara:
– Você tem sorte, a minha ainda está viva.

104

A melhor maneira de se lembrar do aniversário da sua mulher é esquecer-se uma vez.

105

As mulheres nunca vão se igualar aos homens, até que elas possam andar pela rua carecas, com barriga de cerveja e ainda achar que são bonitas.

106

Perguntado a respeito da fórmula para conseguir manter seu casamento por 25 anos, um senhor explicou:
– Duas vezes por semana nós nos arrumamos com as melhores roupas, vamos a um bom restaurante, jantamos à luz de velas, tomamos uma garrafa de vinho ou champanhe francês e deixamos o resto da noite fluir, sem nenhuma espécie de restrição. Eu vou às terças e quintas e ela vai às segundas e quartas.

107

Casamento: tragédia em dois atos – um no civil e outro no religioso.

108

Casamento: o dobro da despesa e a metade da diversão.

109

– Quais os cinco animais que as mulheres mais adoram?
– Um jaguar na garagem, um veado no cabeleireiro, uma perua para fofocar, um leão na cama e um jumento para pagar as contas...

110

O Manuel leva sua mulher ao ginecologista para saber por que apareceram umas pintinhas azuis na altura da virilha dela. Depois de examiná-la, o médico chama o Manuel e pergunta:
– O senhor pratica sexo oral com sua mulher regularmente?
O português responde:
– É claro, doutore... e ela gosta muito!
E o médico, com ar de Sherlock Holmes:
– Então lembre-se de tirar a caneta de trás da orelha da próxima vez.

111

Dois homens condenados à cadeira elétrica no mesmo dia foram levados à sala de execução. O padre lhes deu a extrema--unção, o carcereiro fez o discurso formal e uma prece final foi rezada pelos presentes. O carrasco, voltando-se ao primeiro homem, perguntou:
– Filho, você tem um último pedido?
– Sim, eu tenho – disse o prisioneiro. – Como eu adoro pagode e axé, gostaria de ouvir Os Travessos, SPC, Negritude, Molejo, Fundo de Quintal, É o Tchan, Harmonia do Samba e Tchacabum pela última vez.
– Concedido – disse o carrasco, virando-se para o segundo condenado:
– E quanto a você, qual seu último pedido?
– Posso morrer primeiro?

112

Um dia, um garoto de 12 anos entra num bordel arrastando um gato morto por um barbante. Ele coloca uma nota de R$ 50,00 no balcão e diz:
– Quero uma mulher!
A cafetina, olhando para ele, responde:
– Você não acha que é um pouco jovem para isso?
Ele baixa uma segunda nota de R$ 50,00 no balcão e repete:
– Quero uma mulher!
– Tá certo – responde ela. – Senta aí que vem uma dentro de meia hora.

Ele põe outra nota de R$ 50,00:
– Agora! E ela tem de ter gonorréia!
A cafetina começa a pedir explicações, mas ele deixa mais uma nota de R$ 50,00 e repete:
– Gonorréia!
Alguns minutos depois chega uma mulher. Eles sobem a escada (e ele ainda arrasta o gato morto). No quarto, ela faz seu trabalho. Quando estão saindo, a cafetina pergunta:
– Tudo bem, mas por que você queria alguém com gonorréia?
– Quando eu voltar para casa, eu vou transar com a babá, e quando o papai voltar para casa, ele vai levar a babá para a casa dela e vai transar com ela. Quando ele voltar para casa, vai transar com a mamãe, e amanhã de manhã, depois que o papai sair para o trabalho, a mamãe vai transar com o leiteiro, que é o filho da puta que atropelou meu gato!!

113

A professora estava tendo dificuldades com um dos alunos.
– Pedro, qual é o problema?
– Sou muito inteligente para estar no primeiro ano. Minha irmã está no terceiro ano e eu sou mais inteligente do que ela. Eu quero ir para o terceiro ano também!
A professora vê que não vai conseguir resolver o problema e manda o menino para a diretoria.
Enquanto Pedro espera na ante-sala, a professora explica a situação ao diretor. Este diz à professora que vai fazer um teste com o garoto, e, como ele não vai conseguir responder a todas as perguntas, vai mesmo ficar no primeiro ano. A professora

concorda. Chama o Pedro, explica-lhe que vai ter de passar por um teste, e o menino aceita.

– Pedro, quantos são 3 x 3? – pergunta o diretor.
– Nove – responde o menino.
– E quantos são 6 x 6?
– Trinta e seis.

O diretor continua com a bateria de perguntas a que um aluno do terceiro ano deve saber responder, e Pedro não comete erro nenhum. Então, volta-se para a professora:

– Acho que temos mesmo que colocar o Pedro no terceiro ano.

A professora diz:
– Posso fazer algumas perguntas também?

O diretor e o Pedro concordam. A professora pergunta:
– A vaca tem quatro e eu só tenho duas. O que é?

Pedro pensa um instante e responde:
– Pernas.

Ela faz outra pergunta:
– O que é que há nas suas calças que não há nas minhas?

O diretor arregala os olhos, mas não tem tempo de interromper.

– Bolsos – responde o Pedro.
– O que é que entra na frente da mulher e que só pode entrar atrás do homem?

Estupefato, o diretor prende a respiração.
– A letra M – responde o garoto.

A professora continua a argüição:
– Onde é que a mulher tem o cabelo mais enroladinho?
– Na África – responde Pedro de primeira.
– O que é que começa com a letra C, termina com a letra U e ora está sujo, ora está limpo?

O diretor começa a suar frio.
— O céu, professora.
— O que é que começa com C, tem duas letras, um buraco no meio e eu já dei para várias pessoas?
— CD — responde o Pedro.
Não mais se contendo, o diretor interrompe, respira aliviado e diz para a professora:
— Ponha o Pedro no quarto ano. Eu mesmo teria errado todas as respostas.

114

Num favelão, dia de sol, calor infernal. Três homens entram num barraco pequeno, quente e úmido, arrastando um rapaz franzino pelos braços.

Lá dentro, o Djalmão, um negão enorme, muito suado, fedido, cara de enjoado, palito no canto da boca, limpando as unhas com um facão de cortar coco. Um dos homens diz:

— Djalmão, o chefe mandou você dar uma enrabadinha nesse cara aí. Disse que é pra ele aprender a não se meter a valente com o pessoal da favela.

A vítima grita de desespero e implora por perdão. Mas o Djalmão apenas rosna, ignorando os lamentos do homem:

— Pode deixar ele aí no cantinho, que eu cuido dele daqui a pouco.

Quando o pessoal sai, o rapaz diz:

— Sr. Djalmão, por favor, não faz isso comigo não, me deixa ir embora, eu não conto pra ninguém que o senhor me deixou ir embora sem a punição...

Djalmão diz:

— Cala a boca e fica quieto aí.

Cinco minutos depois, chegam mais dois homens arrastando um outro:

— O chefe mandou você cortar as duas mãos e furar os olhos desse elemento aí. É pra ele aprender a não roubar dinheiro das bocas de fumo nem botar olho grande no que é dos outros.

Djalmão, com voz grave:

— Deixa ele aí no cantinho que eu já resolvo.

Pouco depois, chegam os mesmos homens, arrastando outro pobre coitado:

— Djalmão, o chefe disse que é pra você cortar o pau desse cara aqui, pra ele aprender a não se meter com a mulher do chefe. Ah! Ele falou ainda pra você cortar também a língua dele e todos os dedos das mãos, para não haver a menor possibilidade de ele bolinar mulher nenhuma da favela, tá?

Djalmão, voz mais grave ainda:

— Já resolvo isso. Bota ele ali no cantinho, junto com os outros.

Os homens saem do barraco, e o primeiro rapaz entregue aos cuidados do Djalmão diz, com voz baixa:

— Seu Djalma, com todo o respeito... eu sei que o senhor é um homem muito ocupado, e eu estou vendo que tem muito serviço... Eu só queria lembrar, para o senhor não se confundir: eu sou o da enrabadinha, tá?

115

Pensamentos:

- Se chiar resolvesse, sal de frutas não morria afogado.

- Todos os cogumelos são comestíveis. Alguns, só uma vez.

- É fazendo muita merda que se aduba a vida!

- Macho que é macho não engole sapo, come perereca!

- Existem três tipos de pessoas: as que sabem contar e as que não sabem.

- Onde vamos parar? Até Papai Noel anda saindo com veados.

- Nasci careca, pelado e sem dente. O que vier é lucro!

- Ser bissexual dobra suas chances para um encontro no fim de semana.

- Rouba dos ricos e dá aos pobres. Além de ladrão, é gay.

- Não há melhor momento do que hoje para deixar para amanhã o que você não vai fazer nunca.

- Eu sempre me importei com a beleza interior da mulher. Uma vez dentro... beleza!

- Sexo grátis, amor a combinar.

- Se o amor é cego, o negócio é apalpar.

- Se sua mulher pedir mais liberdade, compre uma corda mais comprida.

• Quero morrer como meu avô: dormindo. E não gritando, como os passageiros do ônibus que ele dirigia.

116

Um dia, Deus, olhando para a terra, viu todo o mal que se passava nela. Assim, decidiu enviar um anjo para investigar. Chamou um de seus melhores anjos e mandou-o à terra por algum tempo. Quando o anjo regressou, disse a Deus:
– De fato, a terra é 95% má e 5% boa.
Deus pensou por um momento e disse:
– Melhor mandar outro anjo para ter uma segunda opinião.
Assim, Deus mandou outro anjo ficar na terra por algum tempo. Quando regressou, esse anjo também disse:
– Sim, a terra está em decadência, 95% má e 5% boa.
Deus disse:
– Isso não está bom.
Assim, decidiu mandar um e-mail aos 5% de pessoas boas que havia no mundo, para dar-lhes ânimo... para que não desistam e sigam adiante, sem perder a fé.
Sabe o que dizia o e-mail? Não? Então estamos ferrados... Para mim também não chegou nada!

117

Um português que odeia o gato da esposa resolve dar um fim no coitado. Coloca o bichinho dentro de um saco, joga no porta-malas do carro e o abandona a vinte quadras de sua casa.

Quando retorna, lá está o gato em frente ao portão. Nervoso, o português repete a operação, e desta vez abandona o bichinho a quarenta quadras de sua casa. Quando retorna, novamente encontra o gato em frente ao portão. Mais nervoso ainda, pega o gato e anda dez quadras para a direita, vinte para a esquerda, trinta para baixo e diz:
– Agora quero ver!
Cinco minutos depois, liga para a esposa:
– Querida, o gato está por aí?
– Ele está chegando, querido, por quê?
– Põe o filho da puta no telefone, que eu estou perdido!

118

O padre estava atendendo no confessionário, quando lhe deu uma inadiável vontade de ir ao WC. Como as confissões não podiam ser interrompidas, chamou uma freira que passava por ali para substituí-lo por alguns instantes. Deixou com ela uma lista dos principais pecados e das penitências correspondentes.
A freira, muito solícita, concordou. A primeira pessoa que ela atendeu foi uma bichinha, que já foi logo confessando:
– Padre, eu pequei.
A freira engrossou a voz para se fazer passar pelo padre:
– Qual foi o seu pecado, filho?
A bichinha respondeu:
– Eu dei o cu, padre.
A freira procurou na lista e não encontrou nada sobre dar o cu. Sem saber que penitência deveria dar, pediu licença e saiu à procura do padre. No caminho, encontrou um coroinha e perguntou:
– O que o padre dá para quem dá o cu?

O coroinha respondeu:
– Pra mim ele dá um pastel e uma Coca.

119

Dez horas da manhã. Toca o telefone. A sorridente senhora atende e ouve do outro lado da linha:
– Mamãe?
– Que foi, minha filha?
– Mamãe, aconteceu algo terrível... Minha casa está uma bagunça, tenho que ir buscar as crianças na escola, fazer o almoço, preciso levar o Pedrinho na natação, estou com 38 graus de febre e o Otávio acabou de me ligar dizendo que vai trazer três amigos para o jantar. Mamãe, você precisa me ajudar, por favor!
– Fica calma, minha filha! Eu vou já para aí. No caminho pego as crianças na escola, faço o almoço, depois levo o Pedrinho na natação, dou uma ajeitada na casa e, em seguida, preparo uma lasanha para o jantar. Enquanto isso, você toma um comprimido e vai para a cama descansar.
– Oh, mamãe! Você é a melhor mãe do mundo, sabia? Te amo, mamãe!
– Obrigada, minha linda! Também te amo! Daqui a pouco estarei aí!
– Tá certo, e não se esquece de mandar um beijo para o papai!
– Papai? Mas, filha, o seu pai morreu quando você era ainda uma garotinha!
– Espera um pouco! Aí não é do 1283-2396?
– Nãããão. Aqui é do 1283-2395!
– Então, quer dizer que a senhora não vem?

120

Um coelho corria pela selva, quando passou por uma girafa enrolando calmamente um baseado. Virou-se para ela:
– Girafa amiga, não fume isso! Venha correr comigo para ficar em forma!

A girafa pensou durante um segundo, jogou o cigarro fora e seguiu o coelho. Começaram a correr, quando avistaram um elefante cheirando cocaína. O coelho aproximou-se do elefante e disse:
– Elefante amigo, pare de cheirar isso e venha correr conosco para ficar em forma.

O elefante nem pensou duas vezes. Jogou o espelho fora e seguiu os outros dois. Eles continuaram a correr sem parar, até que passaram por um leão encostado numa árvore injetando heroína.

O coelho olhou para o leão e disse:
– Leão amigo, não use mais isso. Venha correr comigo, com a girafa e com o elefante. Você verá como entrará em forma.

O leão chegou perto do coelho e deu-lhe uma patada que arrancou a cabeça do coitado.

Os outros animais ficaram revoltados.
– Por que você fez isso? – perguntou a girafa.

E o leão respondeu:
– Esse filho da puta me obriga a ficar correndo feito um louco pela selva toda vez que toma ecstasy!

121

Um homem estava em coma havia algum tempo. A mulher estava à cabeceira dele dia e noite. Um dia, o homem acorda,

faz sinal para a mulher se aproximar e sussurra-lhe:
– Durante todos estes anos você esteve ao meu lado. Quando me licenciei, você estava comigo. Quando a minha empresa faliu, você estava lá a me apoiar. Quando perdemos a casa, você ficou perto de mim. Quando perdemos o carro, você também estava comigo. E, quando fiquei com todos estes problemas de saúde, você me acompanhou todo o tempo. Sabe o que mais?
Os olhos da mulher encheram-se de lágrimas:
– O que, amor?
– Acho que você me dá azar!!

122

A professora pergunta ao Pedrinho:
– Pedrinho, do que você tem mais medo?
– Da mula-sem-cabeça, fessora.
– Mas, Pedrinho, a mula-sem-cabeça não existe, é apenas uma lenda, você não precisa ter medo.
– Mariazinha, do que você tem mais medo?
– Do saci-pererê, fessora.
– Mariazinha, o saci-pererê não existe, é apenas uma lenda, você não precisa ter medo.
– Manezinho, do que você tem mais medo?
– Do Mala Men, fessora.
– Mala Men? Nunca ouvi falar, quem é esse tal de Mala Men?
– Quem é eu também não sei, fessora, mas minha mãe, à noite, sempre quando reza diz: "Não nos deixeis cair em tentação, mas livrai-nos do Mala Men..."

123

Era o dia do exame final. O Joãozinho ia ser examinado pela professora em prova oral, e a professora, que era nova na escola, iria ser observada pelo diretor.

Sentam-se a professora e o Joãozinho, um de frente para o outro, e o diretor ficou em pé, atrás do menino. A professora pergunta:

– Joãozinho, o que D. Pedro I disse quando proclamou a independência do Brasil?

Nisso a professora derruba o lápis, e abaixa-se para pegá-lo. Quando se levanta, pergunta:

– E então, Joãozinho, o que ele disse?
– Peitinhos maravilhosos!
– Não é nada disso! Zero! – diz a professora, nervosa.

O Joãozinho vira-se para o diretor:
– Pô, seu filho da puta! Se não sabe, não sopra!!!

124

Manuel e Joaquim tiveram uma grande idéia: montaram a primeira agência de publicidade de Portugal.

Após alguns meses, aparece o primeiro cliente, um renomado fabricante de remédios. Queria fazer um anúncio publicitário que seria exibido na TV, para o lançamento de uma nova marca de supositório.

Após muito pensar, Manuel e Joaquim finalmente terminam o anúncio. Ficou assim:

– Manuel! Manuel!

— Ora, pois... fale, ó Joaquim!
— Manuel, me empreste R$ 30 mil para eu te pagar só no ano que vem, com juros de apenas 1%?
— Ora, pois, Joaquim! E na bundinha, não vai nada?
— Vai, sim... Supositórios Trovão!

125

Uma família resolve passar um sábado de sol numa praia de nudismo: o pai, a mãe e o filho pequeno. Chegando lá, todo mundo peladão, aquela coisa... O filho do casal, muito curioso, pergunta:
— Pai! Por que alguns homens têm o bigulim pequeno e outros têm o bigulim grande?
O pai bem que poderia falar sobre diferenças étnicas e genéticas, mas como o garoto era muito pequeno, meio sem saber o que dizer, respondeu a primeira coisa que lhe veio à cabeça:
— Ah, meu filho! Os que têm bigulim pequeno são pobres, não têm dinheiro, e os que têm bigulim grande são ricos, têm muito dinheiro!
— Ah... entendi, pai... – responde o moleque.
Passados alguns minutos, o pai resolve dar uma volta na praia e deixa o menino com a mãe. Uma hora depois, ele volta e não encontra a esposa.
Olha para um lado, olha para o outro, e nem sinal. Então ele pergunta para o filho:
— Meu filho, onde está a sua mãe?
— Bom, pai... Ela tava conversando com um homem pobre de dar pena. De repente o cara ficou rico e eles sumiram!

126

Um velho senta-se no ônibus de frente para um punk de cabelo comprido, mechas verdes, azuis, amarelas e vermelhas. O velho fica olhando para o punk, e o punk, olhando para o velho. O punk vai ficando meio invocado e pergunta ao velho:
– O que foi, vovô, nunca fez nada diferente quando jovem?
O velho responde:
– Sim, eu fiz. Quando era jovem fiz sexo com uma arara, e estou aqui pensando: será que você é meu filho?

127

Três pequenos novos empresários, um deles ex-executivo de uma fábrica de pneus, o outro, ex-gerente de vendas de uma distribuidora de petróleo e o terceiro ex-alto funcionário do Governo Federal, conversavam à mesa de um restaurante, após o almoço.
– O que você tá fazendo da vida, João?
– Bem... eu montei uma recauchutadora de pneus. Não tem aquela estrutura e organização que havia quando eu trabalhava na empresa, mas vai indo muito bem.
– E você, José?
– Eu abri um posto de gasolina. Evidentemente, também não tenho a estrutura e a organização do tempo em que trabalhava na empresa, mas estou progredindo.
– E você, Antônio?
– Eu montei um puteiro.
– Um puteiro???

– É claro que não é aquela zona toda que é o Congresso Nacional, mas já tá dando lucro

128

Um homem ficou bebendo até o bar fechar. Como era o último cliente, o funcionário informou-lhe que iam fechar e que ele tinha que sair.

O homem levantou-se e caiu. Tentou levantar-se e caiu novamente. Optou por arrastar-se até a porta, tentou levantar-se outra vez e voltou a cair. Já na rua, mais uma tentativa para se erguer e mais um tombo. Foi assim para casa, tentando levantar-se e caindo. Já em casa, pela manhã, a esposa comenta:

– Grande bebedeira ontem à noite!
– Como é que você sabe que eu ontem cheguei bêbado?
– Telefonaram do bar. Você deixou lá a sua cadeira de rodas.

129

Eles estavam casados havia vinte anos, e todas as vezes que faziam sexo o marido insistia em manter as luzes apagadas. Bem, depois de tantos anos, a esposa sentiu que aquilo era idiota demais, e pensou que poderia quebrar esse hábito louco do marido. Então, uma noite, enquanto eles estavam no meio da transa, ela acendeu as luzes. Olhou para baixo e viu que seu marido estava segurando um vibrador. Ela fica enfurecida.

– Seu filho da puta impotente do caralho! – ela gritou. –

Como você teve coragem de mentir para mim todos esses anos? É melhor você se explicar!
O marido a olha nos olhos e calmamente diz:
– Eu explico o vibrador se você me explicar as crianças!.

130

Vinte e seis tipos de orgasmo
1 – Asmática: Ahhh... ahhh... ahhh...
2 – Geográfica: Aqui, aqui, aqui, aqui...
3 – Matemática: Mais, mais, mais, mais...
4 – Religiosa: Ai, meu Deus, ai, meu Deus...
5 – Suicida: Eu vou morrer, eu vou morrer...
6 – Homicida: Se você parar agora, eu te maaaatooo!!!
7 – Sorveteira: Ai, Kibon, ai, Kibon, ai, Kibon...
8 – Bióloga: Vem, meu macho!!! Vem, meu macho!!!
9 – Edipiana: Meu pai do céu... ai, meu pai... ai, meu pai...
10 – Professora de inglês: Ohhh... YES!! Ohhh... God!!
11 – Maluca: Você tá me deixando doida... Cê tá me enlouquecendoooo!!!!
12 – Viajante: Eu vou... eu vou... ai... tô chegando lá... vaaiiii...
13 – Descritiva: Eu vou gozar, vou gozar, eu tô gozando, tô gozando... gozeeeiiii!!!
14 – Negativa: Não... não... não...
15 – Positiva: Sim... sim... sim...
16 – Pornográfica: Me fode... isso, seu filho da puta... me faz gozar, caralho!!!
17 – Serpente indiana: Ssssss... ssssss....
18 – Professora: Sim... isso... por aí... agora... exato... assim...

19 – Sensitiva: Tô sentindo... tô sentindo...
20 – Desinformada: Ai, o que é isso? Que é isso? Que é isso???
21 – Margarina: Que delícia, que delícia...
22 – Torcedora de futebol: Vai... vai... vai...
23 – Tipo mulher do Rubens Barrichello: Não pára! Não pára! Não pára!
24 – Ambiciosa: Eu quero tudo!!! Me dá tudo!!!
25 – Flanelinha: Vem... vem... vem... aíííí... agora solta...
26 – Analista de sistemas: Ok... pode seguir... ok...

131

Um homem resolve fazer plástica no rosto por ocasião do seu aniversário. Ele gasta US$ 5,000 e se sente muito bem com o resultado. No caminho para casa, pára em uma banca e compra um jornal. Antes de ir embora ele diz ao jornaleiro:

– Desculpe-me por perguntar, mas quantos anos você acha que eu tenho?

– Mais ou menos 35 – foi a resposta.

– De fato eu tenho 47! – responde o homem, sentindo-se verdadeiramente feliz.

Depois disso, ele vai ao McDonald's almoçar, e faz a mesma pergunta ao balconista, que responde:

– Ah, você aparenta uns 29.

– Na verdade eu tenho 47! – diz ele, sentindo-se realmente bem.

Ao passar no ponto de ônibus, ele repete a pergunta a uma velha senhora, que responde:

– Eu tenho 85 anos e minha visão já não é mais a mesma. Mas quando eu era jovem, havia uma maneira infalível de dizer a idade de um homem: se eu puser minha mão dentro de suas calças e brincar com seus testículos e seu pênis por dez minutos, serei capaz de dizer sua idade exata.

A idéia da velhinha mexendo em seu pênis não era das mais animadoras, mas como não havia ninguém por perto e ele era tremendamente curioso, deixou-a escorregar a mão para dentro de suas calças. Dez minutos depois a velha senhora diz:

– Ok! Está feito. Você tem 47.

Espantado, o homem fala:

– Isso foi brilhante. Como a senhora descobriu?

E a velha senhora responde:

– He, he, he... Eu estava bem atrás de você na fila do McDonald's, tolinho.

132

Seu Manuel pensou melhor e decidiu que os ferimentos que sofrera num acidente de trânsito eram sérios o suficiente para levar o dono do outro carro ao tribunal.

No tribunal, o advogado do réu começa a inquirir seu Manuel:

– O senhor não disse na hora do acidente: "Estou muito bem"?

E Manuel responde:

– Bem, vou lhe contar o que aconteceu. Eu tinha acabado de colocar minha mula favorita na caminhonete...

– Eu não pedi detalhes! – interrompeu o advogado. – Só responda à pergunta: o senhor não disse na cena do acidente: "Estou muito bem"?

– Bem, eu coloquei a mula na caminhonete e estava descendo a rodovia...

O advogado interrompe novamente e volta-se para o juiz:
– Meritíssimo, estou tentando estabelecer os fatos aqui. Na cena do acidente este homem disse ao patrulheiro rodoviário que estava bem. Agora, várias semanas após o acidente, ele está tentando processar meu cliente, e isso é uma fraude. Por favor, poderia pedir a ele que simplesmente responda à pergunta?
Porém, a essa altura, o juiz estava muito interessado na resposta de seu Manuel, e disse ao advogado:
– Eu gostaria de ouvir o que ele tem a dizer.
Seu Manuel agradeceu ao juiz e prosseguiu:
– Como eu estava dizendo, coloquei a mula na caminhonete e estava descendo a rodovia quando uma pick-up atravessou o sinal vermelho e bateu na minha caminhonete, bem na lateral. Eu fui lançado fora do carro, para um lado da rodovia, e a mula foi lançada para o outro lado. Eu estava muito ferido e não podia me mover. De qualquer forma, eu podia ouvir a mula zurrando e grunhindo e, pelo barulho, pude perceber que o estado dela era muito grave. Logo após o acidente, o patrulheiro rodoviário chegou ao local. Ele ouviu a mula zurrando e foi até onde ela estava. Depois de dar uma olhada nela, ele pegou a arma e atirou bem entre os olhos do animal. Então, o policial atravessou a estrada com sua arma na mão, olhou para mim e disse: "Sua mula estava muito mal e eu tive que atirar nela. E o senhor? Como está se sentindo?" O que o senhor falaria no meu lugar, Meritíssimo?

133

Um prisioneiro escapou depois de 15 anos enclausurado numa prisão horrenda.

Durante sua fuga ele encontrou uma casa, arrombou-a e entrou. Deu de cara com um jovem casal que estava na cama. Ele então arrancou o cara da cama, amarrou-o numa cadeira, depois amarrou a mulher na cama e, quando estava em cima dela, beijou-a na nuca; então, levantou-se e foi ao banheiro. Enquanto ele estava lá, o marido falou para sua mulher:

– Ouça, esse cara é um prisioneiro, olhe suas roupas! Ele provavelmente passou muito tempo na prisão e há anos não vê uma mulher. Se ele quiser sexo, não resista, não reclame, apenas faça o que ele mandar, dê-lhe prazer. Esse cara deve ser perigoso, se ele se zangar ele nos mata. Seja forte, amor, eu te amo!

E a mulher respondeu:

– Estou feliz que você pense assim. Com certeza ele não vê uma mulher há anos, mas ele não estava beijando minha nuca. Ele estava cochichando no meu ouvido. Ele me falou que achou você muito sexy e perguntou se temos vaselina no banheiro. Seja forte, amor. Eu também te amo...

134

Um dia, o senhor Manuel, um português de setenta anos, estava no bar conversando com uns amigos e ouviu uma notícia bombástica: pão é afrodisíaco!!! Ele foi correndo para a padaria do conterrâneo Joaquim e pediu:

– Joaquim, por favor, eu quero vinte pães!

– Mas, seu Manuel, o senhor mora apenas com a dona Maria. Se o senhor comprar vinte pães a metade vai ficar dura.

– Ahh... então eu quero quarenta pães!!!

135

Vocês sabem por que sociedade entre portugueses sempre dá certo? Porque um rouba do outro e deposita na conta conjunta.

136

Manuel faz uma ligação telefônica para o João:
– Por favoire, eu queria falar com o João!
– Pode falar, é o próprio.
– E aí, Próprio, tudo bom? Chama o João pra mim!!!

137

Primeiro dia de aula no jardim-de-infância. Quinzinho chega todo animado e conta para o seu Manuel:
– Hoje a professora ensinou pra gente qual é a mão direita!
– Muito bain. Diga lá qual é a mão direita... Ótimo! Agora, mostre-me a mão esquerda!
– Ah, isso ela vai ensinar só amanhã!

138

– Doutor, sinto-me mal... tudo em volta de mim gira, e, além disso, arde-me o coração...

– Olhe, senhora, em primeiro lugar, não sou doutor, sou barman. A senhora não está doente, está bêbada, e, em terceiro lugar, não lhe arde o coração, a senhora está com a mama esquerda dentro do cinzeiro.

139

A Mônica e o Cebolinha conversando:
– Cebolinha, você come acelga?
– Sim, Mônica, eu como a celga, a mulda, a sulda e até a palapléugica.

140

Na escola, a professora falava dos animais:
– Para que serve a ovelha, Marcinha?
– Para nos dar a lã, fessora...
– E para que serve a galinha, Marquinho?
– Para nos dar os ovos...
– E para que serve a vaca, Joãozinho?
– Para nos passar o dever de casa...

141

Ao entrar na sala de aula, a professora vê um pênis desenhado no quadro. Sem perder a compostura, imediatamente ela apaga o desenho e começa a aula.

No dia seguinte, o mesmo desenho, só que ainda maior. Ela torna a apagá-lo e não faz nenhum comentário.

No outro dia, o desenho já está ocupando quase o quadro todo, e embaixo ela lê os seguintes dizeres: "Quanto mais você esfrega, mais ele cresce!"

142

A professora para o Joãozinho:
— Joãozinho, qual o tempo verbal da frase "Isso não podia ter acontecido"?
— Preservativo imperfeito, professora!

143

Tarde da noite, o namorado leva sua garota para casa. Ao chegar no portão, apóia-se calmamente com a mão no muro e pede com aquela voz bem melosa:
— Meu amor, para fechar a noite, faz um boquete rapidinho...
Ela responde assustada:
— O que é isso, meu bem, na frente da minha casa?! O que você está pensando?!
— Ora, meu amor... não tem nada de mais... A rua está escura e todo mundo já está dormindo... Faz um boquete, faz...
Ela continua, indignada:

– E se algum vizinho ou alguém da minha família estiver acordado?
Ele insiste:
– Não vai estar, não! Já é muito tarde e está tudo escuro... Não vamos perder esta oportunidade...
Ela já estava pronta para retrucar mais uma vez, quando aparece no portão sua irmã, sonolenta, dizendo:
– Papai pediu para você fazer logo esse boquete. Se você não fizer, é para eu fazer. Se for preciso, até ele vem e faz. Mas, por favor, pede para o seu namorado tirar a mão do interfone que nós estamos querendo dormir!

144

Dois coleguinhas estavam conversando. Um deles diz:
– Eu descobri um jeito muito fácil de ganhar dinheiro!
– Ah, é? Como?
– É simples. Você chega pro seu pai e fala: "Pai, eu sei de toda a verdade". Ele vai te dar dinheiro na hora!
O garoto se animou e foi falar com o pai:
– Pai, eu sei de toda a verdade!
– Oh, não, por favor, não conte nada pra sua mãe! Toma, eu te dou R$ 5,00!
O moleque saiu todo feliz, com o dinheiro, e decidiu fazer a mesma coisa com a mãe.
– Mãe, eu sei de toda a verdade!
– Oh, não, meu filho... não conte nada pro seu pai, senão ele me mata... por favor! Eu te dou R$ 10,00!
O garoto se empolgou, estava muito animado, e pensou: "Vou

sair por aí na rua fazendo a mesma coisa com todo mundo..."
Nessa hora, estava passando o carteiro. O menino, é claro, não perdeu a oportunidade:
– Eu sei de toda a verdade!
O carteiro, surpreso, respondeu:
– É mesmo? Então vem cá me dar um abraço, filhão!

145

Um cara estava em uma festa muito animada, quando viu uma loira maravilhosa. Ficou louco de vontade de paquerá-la, já pensando nos finalmentes. Ela era um avião, e ele, é claro, queria tirar uma "casquinha". O problema é que estava receoso, pois tinha o pinto muito pequeno. Depois de um tempo, não se agüentando de tesão, resolveu investir. Aproximou-se e puxou conversa. Tanto fez que, como tinha uma ótima lábia, conseguiu levar a loira para um lugar mais reservado. Mão pra lá, mão pra cá, o clima esquentando, e o cara pergunta:
– Deixa, vai?
E ela:
– Não, de jeito nenhum.
– Deixa, rapidinho...
– Não – disse ela, irredutível.
– Vai, deixa! Só a pontinha, só a pontinha...
– Tá legal. Mas só a pontinha, hein?
Como ele tinha o pinto muito pequeno, não pensou duas vezes e colocou tudo.
Ela adorou a sensação e gritou, louca de tesão:
– Ai, que delícia, coloca tudo, vai!!!

Ele parou e disse:
– Não, trato é trato.

146

Três amigos estavam reunidos tomando uma cervejinha. Entre outras coisas, falavam sobre as melhores posições durante o ato sexual. Um deles disse:
– Para mim a número um é o 69!
O outro disse:
– Para mim é o frango assado!
E o último disse:
– Não há nada melhor do que o rodeio!
Os outros dois olharam para ele assombrados e perguntaram do que se tratava.
O homem explicou:
– Bem, peça a sua mulher que se coloque de quatro e comece a transar. Uma vez que as coisas estejam bem quentes, apóie seu peito sobre suas costas, abrace-a fortemente e diga com delicadeza, bem baixinho, ao seu ouvido: "esta posição fascina minha secretária"... E depois tente se manter em cima dela por mais de oito segundos!

147

– A senhora aceita um uísque?
– Não posso, porque me faz mal para as pernas.

– Suas pernas ficam moles?? Doloridas???
– Não... abrem-se!!!

148

Sem condições apropriadas para correr na cidade, um americano resolve testar sua Ferrari superveloz numa pista de provas. Ele entra, acelera e está todo radiante, quando um japonês motoqueiro passa a seu lado a uns 200 km/h. Como se não bastasse, o japa o encara e grita:
– Conhece moto Kawasaki?
E ultrapassa o americano. Furioso, este não se conforma: "Quem esse japa pensa que é? Ele vai ver só!" Rapidamente, acelera ao máximo, mas não consegue alcançá-lo. Corre para casa, pega seu Porsche e volta à pista.
"Agora ele vai ver! Não se brinca assim comigo!"
Logo localiza o japonês pelo retrovisor, e, mais que depressa, acelera para alcançar sua velocidade, mas o japonês o ultrapassa com firmeza e grita:
– Conhece moto Kawasaki?
Inconformado, olha o japa, que some no infinito. Volta para casa e pega sua Mitsubishi. Mais que depressa, volta para a pista. Procura o japonês e nada. De repente, vê que o cara está estirado no asfalto, todo arrebentado, e a moto, irreconhecível. Sem querer acreditar, pára o carro e dá ré, para ver o que havia acontecido.
Chega no japa estirado no acostamento, todo esfolado, desce do carro e, desesperado com a situação, vai logo perguntando o que tinha acontecido. O japonês, quase imóvel, faz uma força tremenda, mas responde:

– Conhece moto Kawasaki?
– Sim. E daí? – responde o americano, irritado.
E o japonês pergunta:
– Onde é o freio?

149

Numa noite escura e de temporal, estava um rapaz de nome Manuel na beira de uma estrada secundária mal-iluminada pedindo carona. Nenhum carro passava, e a tempestade estava tão furiosa que ele não conseguia ver dois palmos à frente do nariz.
　Subitamente, Manuel vê um carro aproximar-se dele e parar. Radiante, o rapaz saltou de imediato para dentro do carro, fechando a porta atrás de si. Então, aterrorizado, deparou-se com o fato de não haver ninguém no assento do condutor!
　O carro reiniciou a marcha, lentamente, e Manuel olha para a estrada e vê que uma curva se aproxima, estando o carro a dirigir-se para ela perigosamente. Desesperado e ainda mal refeito do choque de se encontrar num carro-fantasma, Manuel começa a rezar fervorosamente para que a sua vida seja poupada.
　E é nesse instante, quando a curva se encontra a apenas uns escassos metros do carro, que uma mão surge da janela do carro e move o volante.
　O rapaz, paralisado de medo, continua a observar as constantes aparições da mão, antes de cada curva do caminho. Até que, reunindo as escassas forças que ainda possuía, ele salta do carro em andamento lento e corre para a cidade mais próxima.
　Cansado, encharcado e em estado de choque, entra num café, onde emborca de imediato dois copos de cachaça, relatando debilmente o que lhe havia acontecido, perante o olhar

estarrecido dos outros clientes.

Meia hora mais tarde, dois homens entram no mesmo café, absolutamente encharcados, exclamando então um para o outro:

– Olha lá! Aquele portuga não é o retardado que entrou no nosso carro quando o estávamos empurrando?

150

Um dia uma mulher estava jogando golfe, quando a bola foi parar no meio das árvores. Ela procurou, procurou e, quando encontrou a bolinha, havia um sapo adormecido sobre ela. A mulher, então, cutucou o bicho, que acordou e pediu-lhe que o deixasse livre; como recompensa, ele lhe proporcionaria a realização de três desejos.

– Contudo – continuou o sapo –, devo avisá-la de que qualquer que seja seu pedido, seu marido receberá o mesmo, porém três vezes maior ou melhor.

A mulher pensou por um momento e concordou:

– Ok! Meu primeiro desejo é ser a mulher mais bonita do mundo!

– Assim seja! – respondeu o sapo. – Mas devo avisá-la de que seu marido será três vezes mais bonito...

– Tudo bem – disse a mulher –, porque eu serei a mais bela, e nesse caso ele só terá olhos para mim. Meu segundo desejo é ser a pessoa mais rica do mundo!

E o sapo repetiu o aviso:

– Seu marido será três vezes mais rico do que você!

A mulher novamente concordou, afinal, ela seria a segunda mais rica e mais bela...

– Muito bem – continuou o sapo. – E agora, qual é o seu terceiro e último desejo?
– Bem... eu quero ter um "leve" ataque cardíaco!

151

Certa noite, um homem entra num restaurante, vai até o balcão e pede uma cerveja.
– Com certeza, senhor!
– Quanto é?
– Vinte centavos!
– Vinte centavos? – grita o homem, sem querer acreditar.
– Sim, é isso mesmo, vinte centavos – responde o barman.
Então o homem resolve olhar para o menu e pede:
– Olhe, pode me trazer um bife de filé mignon a cavalo, com fritas, arroz e uma saladinha de tomate com cebola e ervilhas?
– Com certeza, senhor – responde o barman. – Mas esse é um prato que custa muito caro...
– Caro? Quanto? – pergunta o homem, desconfiado.
– Dois reais! – responde o barman.
– Dois reais???!!!! – exclama o homem, não querendo acreditar.
– Onde é que está o dono deste bar?
– Ah, está lá em cima com a minha mulher! – responde o barman.
Espantado, o homem pergunta:
– E o que é que ele está fazendo com a sua mulher?
– O mesmo que eu estou fazendo com o restaurante dele...

152

Um bêbado entrou numa salsicharia e comprou um salame, e, como não tinha bolso, colocou o salame dentro da cueca. Depois foi para o bar, tomou todas e mais algumas, e depois foi para casa.
No caminho deu aquela vontade de fazer xixi. Então, encostou-se a um muro e abriu a braguilha, mas, de tão bêbado, em vez de colocar o peru pra fora, colocou o salame. E mandou ver... Encharcou as calças, e no muro, nada.
– Ué... num tá saindo nada... Também, pudera! Quem foi o desgraçado que me deu um nó na ponta?

153

Joãozinho, ao ver o tio completamente careca, perguntou:
– O que aconteceu com o seu cabelo?
Desconsolado, o coitado respondeu:
– Caiu!
E o moleque:
– E por que o senhor não catou?

154

O paciente está na capital para o exame periódico de saúde.
– Você bebe? – pergunta o médico.

– Dois ou três copos de vinho pela manhã, um uisquinho à noite...
– Fuma?
– Dois charutos por dia.
– E sexo?
– Duas ou três vezes por mês.
– Sóóóóóó? Com a sua idade e a sua saúde, era pra ser duas ou três vezes por semana.
– Sabe como é, né, doutor? Se eu fosse bispo na capital até que dava, né? Mas numa diocese pequena, no interior...

155

Zé: – Bença, padre.
Padre: – Deus o abençoe, meu filho.
Zé: – Padre, o senhor se lembra do João pintor?
Padre: – É claro, meu filho.
Zé: – Pois é, padre, o João veio a falecer.
Padre: – Que pena! Morreu de quê?
Zé: – Moro numa rua sem saída, e minha casa é a última. Ele desceu com o carro e bateu no muro de casa.
Padre: – Coitado, morreu de acidente.
Zé: – Não, ele bateu com o carro e voou pela janela, caiu dentro do meu quarto e bateu a cabeça no meu guarda-roupa.
Padre: – Que pena, morreu de traumatismo craniano.
Zé: – Não, padre, ele tentou se levantar segurando a maçaneta da porta, que se soltou, e ele rolou escada abaixo.
Padre: – Coitado, morreu de fraturas múltiplas.
Zé: – Não, padre, depois de rolar na escada ele bateu na

geladeira, que caiu em cima dele.

Padre: – Que tragédia, morreu esmagado!

Zé: – Não, padre, ele tentou se levantar e bateu as costas no fogão; a sopa, que estava fervendo, caiu em cima dele.

Padre: – Coitado, morreu por causa das queimaduras.

Zé: – Não, padre; no desespero, ele saiu correndo, tropeçou no cachorro e foi direto para a caixa de força.

Padre: – Que pena, morreu eletrocutado.

Zé: – Não, padre, morreu depois de eu dar dois tiros nele.

Padre: – Filho, você matou o João?

Zé: – Claro, o danado tava destruindo minha casa.

156

Um velho vivia sozinho em Minnesota. Ele queria cavar seu jardim, mas era um trabalho muito pesado. Seu único filho, que normalmente o ajudava, estava na prisão.

O velho então escreveu a seguinte carta ao filho, reclamando de seu problema:

"Querido filho, estou triste porque, ao que parece, não vou poder plantar meu jardim este ano. Detesto não poder fazê-lo, porque sua mãe adorava a época do plantio depois do inverno. Mas estou velho demais para cavar a terra. Se você estivesse aqui, eu não teria esse problema, mas sei que não pode me ajudar com o jardim, pois está na prisão. Com amor, papai".

Pouco depois o velho recebeu o seguinte telegrama:

"PELO AMOR DE DEUS, papai, não escave o jardim! Foi lá que eu escondi os corpos!"

Às quatro da manhã do dia seguinte, uma dúzia de agentes

do FBI e policiais apareceram e cavaram o jardim inteiro, sem encontrar nenhum corpo. Confuso, o velho escreveu uma carta para o filho contando o que acontecera. Esta foi a resposta:
"Pode plantar seu jardim agora, papai. Isso é o máximo que eu posso fazer no momento".

157

Um cara adorava motos Harley-Davidson. Juntou dinheiro durante um tempo e foi até a revendedora. Chegando, o vendedor lhe disse:
– Temos a última, que não foi vendida ainda porque tem um pequeno defeito de fábrica. Não passou pelo último estágio de secagem da tinta e, portanto, não pode molhar, senão mancha a pintura.
– Não tem solução? – perguntou o nosso amigo.
– Tem – disse o vendedor. – Se estiver ameaçando chover, passe vaselina na moto, que preserva a pintura, sem problemas.
Sem pensar duas vezes, comprou a moto, passou na farmácia, comprou a vaselina e guardou no bolso.
À noite, sua namorada convidou-o para jantar em casa. Ele chegou, deixou a moto na rua e entrou.
A namorada foi avisando:
– Querido, depois do jantar não fale nada, não abra a boca, porque a norma aqui em casa é a seguinte: o primeiro que falar qualquer coisa tem de lavar a louça.
– Tudo bem – disse ele.
Após o jantar, todos quietos. Começou a relampejar. Nosso amigo pensou:

"E agora? A moto lá fora e eu não posso falar nada..."
Teve uma idéia. Agarrou a namorada e tascou-lhe aquele beijo de língua, na frente dos pais dela, na esperança de que alguém protestasse.
Ninguém falou nada! E dá-lhe relâmpago.
Agarrou a moça de novo, deitou-a na mesa e comeu a menina ali mesmo.
Ninguém falou nada.
Ia começar a chover a qualquer momento. Não teve dúvida: agarrou a sogra e comeu a velha também. Nada, ninguém falou absolutamente nada!!
Quando ouviu o primeiro pingo de chuva caindo lá fora, levantou-se rapidamente, tirou a vaselina do bolso e... foi quando o sogro, assustado, disse:
– Pode parar por aí que eu lavo a louça!!!

158

Em um avião que seguia para Nova York, a comissária dirige-se a uma loira sentada na divisão reservada para a primeira classe e pede que se mude para a classe econômica, pois ela não tinha passagem para estar sentada ali.
A loira, indignada, disse:
– Eu sou loira, eu sou linda, estou indo para Nova York, não vou sair e pronto!
Não querendo criar uma situação constrangedora e sem poder argumentar com a passageira, a comissária pede para o co-piloto ir falar com ela.
Ele dirigiu-se para a mulher e pediu-lhe que fizesse a gentileza

de sair da primeira classe, pois o bilhete que tinha comprado era para outro setor.

Novamente a loira responde:
– Olha aqui: eu sou loira, linda, estou indo para Nova York e não vou sair, já disse!

O co-piloto voltou desanimado para a cabine de comando e perguntou para o piloto o que deveria fazer.

O piloto disse:
– Eu sou casado com uma loira e sei como lidar com isso.

E foi para a primeira classe, sussurrou alguma coisa no ouvido da loira e ela imediatamente pulou da cadeira e correu para o setor econômico, resmungando para si:
– Por que ninguém me disse isso antes?

Surpresos, a comissária e o co-piloto perguntaram o que ele havia dito para a loira que a convenceu a sair.
– Foi simples: eu disse a ela que a primeira classe não estava indo para Nova York...

159

A freira estava andando pela rua quando de repente uma loira lhe oferece carona.

Muito agradecida, ela aceita e entra no carro, uma reluzente Ferrari vermelha com estofado de couro.
– Que belo carro a senhora tem! – comentou a irmã. – Deve ter trabalhado ardentemente para tê-lo comprado, não é mesmo?
– Não foi bem assim não, irmã! – respondeu a loira. – Na verdade eu o ganhei de um empresário que dormiu comigo por um tempo!

A freira não diz nada. Então ela olha para o banco traseiro e vê um belo casaco de vison:
– O seu casaco de pele é muito bonito! Deve ter custado uma fortuna, hein?
– Na verdade não me custou muito... Ganhei-o por causa de algumas noites que eu passei com um jogador de futebol...
Então a freira não falou mais nada durante toda a viagem. Chegando no convento, ela foi para o quarto, quando de repente alguém bate na porta.
– Quem é?
– Sou eu! O padre Afonso!
– Quer saber de uma coisa? Vai pra puta que o pariu! Você e suas balinhas de menta!!!

160

Depois do banho, a japonesa pede para o Akira:
– Akira, pegue sutiã pra mim!
– Pra quê? Non ter nada pra guarda nele, non?
– Enton por que Akira usa cueca?

161

Toca o telefone:
– Alô? Mãe? Posso deixar os meninos com você hoje à noite?
– Vai sair?
– Vou.

– Com quem?
– Com um amigo.
– Não entendo por que você se separou do seu marido, um homem tão bom...
– Mãe! Eu não me separei dele! ELE é que se separou de mim!
– É... você me perde o marido e agora fica saindo por aí com qualquer um...
– Eu não saio por aí com qualquer um. Posso deixar os meninos?
– Eu nunca deixei vocês com a minha mãe para sair com um homem que não fosse seu pai!
– Eu sei, mãe. Tem muita coisa que você fez que eu não faço!
– O que você tá querendo dizer?
– Nada! Só quero saber se posso deixar os meninos.
– Vai passar a noite com o outro? E se o seu marido ficar sabendo?
– Meu EX-marido!! Não acho que vá ligar muito, não deve ter dormido uma noite sozinho desde a separação!
– Então você VAI dormir com o vagabundo!
– Não é um vagabundo!!!
– Um homem que fica saindo com uma divorciada com filhos só pode ser um vagabundo, um aproveitador!
– Não vou discutir, mãe. Deixo os meninos ou não?
– Coitados... com uma mãe assim...
– Assim como?
– Irresponsável! Inconseqüente! Por isso seu marido te deixou!
– Chega!
– Ainda por cima grita comigo! Aposto que com o vagabundo com quem está saindo você não grita.
– Agora tá preocupada com o vagabundo?

— Eu não disse que era vagabundo? Percebi de cara!
— Tchau!!
— Espera, não desliga! A que horas vai trazer os meninos?
— Não vou. Não vou levar os meninos, também não vou mais sair!
— Não vai sair? Vai ficar em casa? E você acha o quê? Que o príncipe encantado vai bater na sua porta? Uma mulher na sua idade, com dois filhos, pensa que é fácil encontrar marido? Se deixar passar mais dois anos, aí, sim, vai ficar sozinha a vida toda! Depois não vá dizer que eu não avisei! Eu acho um absurdo, na sua idade, você ainda precisar que EU te empurre para sair!

162

Um casal de idosos morava sozinho numa fazenda – sabe como é, filhos crescidos, formados, todos na cidade. Um dia estava a velha lavando louça na cozinha quando viu o marido sair correndo de trás do galpão – o homem trombou com a vaca, arrastou a roupa do varal, entrou esbaforido na casa e falou:
— Minha velha, vamos aproveitar que tive uma ereção...
A velha ficou abobada, mas subiu para o quarto, foi ao banheiro, botou camisola, água-de-colônia, passou um batonzinho e tal, e tanto fez que quando chegou na cama o velho já tinha perdido o tesão.
Uns dois anos depois, estava ela lavando louça quando viu o velho sair correndo de trás do galpão – trombou com a vaca, arrastou a roupa do varal...
A velha nem perguntou nada: correu pro quarto, tirou a roupa e abriu as pernas. O marido passou correndo pela porta do quarto, voltou, olhou e falou:
— Meu Deus, a casa pegando fogo e essa véia querendo trepar...

163

Um casal estava jogando golfe num campo muito chique, rodeado por belíssimas mansões. Na terceira tacada o marido diz:
— Querida, tome cuidado ao acertar a bola; não vá mandá-la para uma dessas casas e quebrar uma vidraça. Vai custar uma fortuna para consertar.
Mal termina a frase, ela dá a tacada e estilhaça uma vidraça. O marido se desespera:
— Eu disse para tomar cuidado!
— E agora, como vai ser?
— Vamos até lá pedir desculpas e ver qual vai ser o prejuízo.
Eles batem à porta e ouvem uma voz:
— Podem entrar.
Eles entram e vêem vidro espalhado pelo chão e uma garrafa quebrada perto da lareira. Um homem sentado no sofá diz:
— Vocês são os que quebraram a minha janela?
— Sim. Sentimos muito e queremos pagar o prejuízo – responde o marido.
— De jeito nenhum. Eu quero agradecer-lhes. Sou um gênio que estava preso nesta garrafa há milhares de anos. Vocês me libertaram. Posso conceder três desejos. Eu dou um desejo a cada um e guardo o terceiro para mim.
— Que legal! – diz o marido. – Quero um milhão de dólares por ano, pelo resto da minha vida.
— Sem problema. É o mínimo que eu posso fazer. E você, o que gostaria de pedir? – pergunta o gênio, voltando-se para a mulher.
— Quero uma casa em cada país do mundo – ela responde.
— Pode considerar seu desejo realizado – diz o gênio.
— E qual é seu desejo, gênio? – o marido pergunta.

– Bem, desde que fiquei preso nesta garrafa, há milhares de anos, não tive mais oportunidade de fazer sexo. Meu desejo é ter sexo com sua mulher.

O marido olha para sua esposa e diz:
– Bem, querida, nós ganhamos um monte de dinheiro e todas essas casas. Acho que ele não está pedindo muito.

O gênio leva a mulher para o quarto e passa duas horas com ela. Depois de terminar, ao se vestirem, o gênio olha para ela e pergunta:
– Quantos anos tem seu marido?
– Trinta e cinco.
– E você?
– Trinta e dois.
– E vocês ainda acreditam em gênios?

164

Entra um negão de 2 m e 140 kg no ônibus e pergunta ao cobrador:
– Fuanto fe é a fasssagem?

O cobrador calado estava, mudo ficou.

O negão, já meio invocado:
– Fuanto fe é a fasssagem?

O cobrador não respondia.
– Fuanto fe é a fasssagem, fuorra?

O cobrador continuava calado. O negão, puto da vida, pegou o cobrador pelo colarinho e gritou:
– Olha afi, seu filho da futa, se fonce fao me disser fuanto fe é a fuorra da fassagem eu fou fassar sem fagar!

O trocador continuava na dele, sem dar um pio. O negão, furioso, quase quebrou a roleta, e desceu no primeiro ponto.

Um passageiro que presenciou toda a confusão perguntou ao cobrador:

– Ô cara, por que você não disse para ele quanto era a passagem?

O cobrador respondeu:

– Ele ia fensar fe eu tafa gozando ele...

165

A loira chegou no bar e pediu uma Smirnoff Ice.

Após algumas tentativas de abrir a garrafa, a loira reclamou ao barman:

– Pô, meu, essa merda dessa garrafa não abre.

O barman retruca:

– Ô loirinha, tem que torcer, minha filha.

A loira, então, não hesitou: pôs a garrafa no balcão e começou a batucar e gritar:

– Tampinha! Tampinha! Tampinha!...

166

Nomes de japoneses:
Takamassa Nomuro? Pedreiro.
Kotuka Oku Dokara? Proctologista.
Katano Okako? Gari.

Kawara Norio? Pescador.
Tanaka Traka? Cobrador de ônibus.
Fujiko Oro? Trombadinha.
Kurano Okoko? Psiquiatra.
Kijuro Burabo? Banqueiro.
Armando Oboro? Confeiteiro.
Takafuro Nokoko? Neurocirurgião.
Kutuka Aguya? Acupunturista.
Dibuya Omiyo? Roceiro.
Hideo Orrabo? Homossexual.
Kaguya Nopano? Costureiro.
Kaxota Nakama? Prostituta.
Fumiko Karo? Traficante.

167

Dois velhinhos conversando:
– Você prefere sexo ou Natal?
– Sexo, claro! Natal tem todo ano, enjoa.

168

No consultório, fim de tarde, o médico dá a péssima notícia:
– A senhora tem seis horas de vida.
Desesperada, a mulher corre para casa e conta tudo para o marido.
Os dois resolvem gastar o tempo que resta da vida dela

fazendo sexo. Fazem uma vez, ela pede para repetirem. Fazem de novo, ela pede mais. Depois da terceira vez, ela quer de novo. E o marido:
— Ah, Isolda, chega! Eu tenho de acordar cedo amanhã. Você não!

169

A portuguesinha de dez anos vai pescar com o pai e volta com o rosto todo inchado. A mãe, assustada, pergunta:
— Minha filha, o que houve?
— Foi um marimbondo, mamãe...
— Ele picou você?
— Não deu tempo. O papai o matou com o remo.

170

Dois portugueses pedalavam suas bicicletas pelo campo. Um deles pergunta:
— Onde conseguiste essa tua magnífica bicicleta?
O outro responde:
— Estava eu a pé, caminhando ontem por aí, quando surgiu uma deliciosa rapariga. Ela atirou a bicicleta ao solo, despiu toda a roupa e disse-me: "Pegue o que quiser".
O outro:
— Ó pá, escolheste bem. Provavelmente a roupa não te serviria.

171

O médico atende um velhinho milionário que tinha começado a usar um revolucionário aparelho de audição:
– E aí, seu Almeida, está gostando do aparelho?
– É muito bom.
– Sua família gostou?
– Ainda não contei para ninguém, mas já mudei meu testamento três vezes.

172

Um grupo de cientistas arranjou três cabeças para estudar o cérebro: uma de um alemão, outra de um francês e a terceira de uma loira.

Quando abriram a do alemão, encontraram um monte de fios todos ordenadinhos, muito bem ligados e organizados com código de cores. Na do francês encontraram um monte de fios todos emaranhados, uma confusão tremenda.

Mas a cabeça da loira era oca, e havia apenas um fio que atravessava a cabeça de um lado ao outro. Muito intrigados, os cientistas decidiram tentar descobrir qual a função daquele fio. Então cortaram-no. As duas orelhas caíram.

173

Uma loira pergunta a outra:

— Ouve lá, achas que há problema se eu tomar a pílula com diarréia?
Ao que a outra, "ainda mais loira", responde:
— Acho que não. Mas por que é que não tomas com água?

174

O motoqueiro está a 200 km/h na estrada quando estoura o zíper de sua jaqueta. Para evitar o frio no peito, ele resolve vesti-la ao contrário. Dois quilômetros à frente a moto derrapa e ele voa para o meio do mato. Logo atrás vem um carro com dois portugueses, que vão socorrer o coitado. Em seguida chega a polícia, que pergunta aos portugueses:
— Ele morreu na hora?
— Não, morreu agora há pouco, quando tentávamos virar o pescoço dele para o lado certo.

175

Uma moça sofre um gravíssimo acidente de trânsito, vai parar na UTI e passa dois anos nessa situação, sem responder aos estímulos dos médicos e sobrevivendo apenas com ajuda de aparelhos.
Certo dia, para espanto e escândalo geral, essa moça fica grávida. Os médicos, a polícia, os funcionários do hospital e, principalmente, os parentes empenharam-se em descobrir como um fato tão absurdo poderia ter ocorrido.

Após exaustivas investigações, chegaram à conclusão de que o culpado e pai da criança era um caipira, que havia poucos meses chegara do interior para trabalhar como auxiliar de enfermagem no hospital.

Ele foi, então, levado para a delegacia e severamente interrogado pelos policiais. Para espanto de todos, ele se justificou dizendo que apenas cumprira suas obrigações, seguindo as instruções da plaqueta que estava pendurada na cama.

Perplexos, os policiais foram até o local do crime. Viram a mulher deitada e sobre ela a plaqueta que indicava: "Coma".

176

O sujeito volta ao médico, trinta dias depois de ter sido operado do coração:
– O senhor está ótimo! – diz-lhe o médico.
– Eu já posso voltar a transar? – pergunta o paciente.
– Pode, mas só com a sua mulher! Eu não quero que você se emocione!

177

O médico abre o jogo para o paciente:
– Infelizmente, o senhor só tem seis meses de vida.
– E agora, doutor? O que eu faço?
– Se eu fosse você, me casaria com uma mulher velha, chata e bem feia e me mudaria para o Paraguai.

– Por que, doutor?
– Vão ser os seis meses mais longos da sua vida!

178

– Doutor, quando eu era solteira tive que abortar seis vezes. Agora que me casei, não consigo engravidar.
– É muito comum. Seu caso é que você não reproduz em cativeiro.

179

Após a cirurgia:
– Doutor, entendo que vocês médicos se vistam de branco. Mas por que essa luz tão forte?
– Meu filho, eu sou São Pedro.

180

Uma senhora chega ao hospital e pergunta:
– Doutor, sou a esposa do Zé, que sofreu um acidente; como ele está?
– Bem, da cintura para baixo ele não teve nem um arranhão.
– Puxa, que alegria. E da cintura para cima?
– Não sei, ainda não trouxeram essa parte.

181

– Doutor, tenho tendências suicidas. O que faço?
Em primeiro lugar, pague a consulta.

182

No psiquiatra:
– Doutor, tenho complexo de feiúra.
– Que complexo, que nada.

183

– Doutor, o que eu tenho?
– Não sei, mas em caso de dúvida vamos descobrir na autópsia.

184

O sujeito entra correndo na farmácia:
– Rápido, me dê um remédio para diarréia.
Uma hora depois, o farmacêutico verifica que errou: entregou um forte calmante em vez do remédio solicitado.
Mais uma hora, chega o paciente. O farmacêutico pergunta:
– Como você está?
– Todo cagado, mas calminho, calminho...

185

– Meu médico é um incompetente. Tratou do fígado de minha esposa por vinte anos, e ela morreu do coração.
– O meu é muito melhor. Se te trata do fígado, você morre do fígado.

186

A velha no consultório do gastro:
– Doutor, vim aqui para que o senhor me tire os dentes.
– Mas, minha senhora, não sou dentista, sou gastro. E vejo que a senhora não tem nenhum dente na boca.
– É claro. Engoli todos.

187

O indivíduo estava sentindo dores horríveis por todo o corpo: doía da cabeça aos pés insuportavelmente. Resolveu, então, procurar um médico.
Chegando ao consultório, fez todos os exames possíveis: tomografia, ressonância, ECG, ultra-som, endoscopia, etc. Após refletir muito, com a feição realmente preocupada, o médico virou-se para o doente e disse:
– Sinto muito, mas tenho uma péssima notícia... O seu caso é terminal!
– Pelo amor de Deus, doutor, quanto tempo ainda tenho de

vida? – perguntou desesperadamente o paciente.
– Dez... – respondeu o médico.
– Dez, o quê? Dez anos, dez meses, dez dias? – perguntou o doente.
O médico olhou para o relógio e, em tom fúnebre, continuou:
– ...Nove, oito, sete...

188

Um psicanalista no consultório de outro:
– Doutor, venho ao colega para que me aconselhe em um caso impossível.
– Qual?
– Estou atendendo um argentino com complexo de inferioridade!

189

Um médico encontra em um congresso uma médica. Após a palestra, saem juntos e resolvem jantar. Depois vão para um hotel e resolvem ficar hospedados no mesmo quarto. No quarto, prosseguem com carícias, beijos, exame físico completo e, após a relação, a doutora vai para o toalete e começa a se lavar: esfrega cada falange, metacarpo, antebraço umas cinqüenta vezes. Da cama, o doutor observa e diz:
– Já sei qual é sua especialidade!
A médica pergunta:

– Qual é?
– Você é cirurgiã!
– Muito bem, como você descobriu?
– Pelo jeito como você se lava.
– Também descobri sua especialidade...
O médico, assustado, diz:
– Impossível! Não me levantei da cama, nem me lavei!
– Você é anestesista!
Surpreso, o médico pergunta:
– Como você descobriu?
– Pelo jeito como você trepa. Não senti nada.

190

O paciente chega desesperado ao consultório do médico:
– Doutor, meu estômago não digere os alimentos; se como uma maçã, cago uma maçã, se como uma pêra, cago uma pêra. Que devo fazer, doutor?!
O médico encarou seu paciente e disse:
– Já experimentou comer merda?

191

No céu, os anjos separavam os recém-chegados conforme as profissões:
– O próximo!
– Marceneiro.

— Por aqui. Próximo!
— Advogado.
— Quem o deixou entrar aqui? Já pro inferno! Próximo!
— Médico.
— Por favor, fornecedor entra pela porta dos fundos!

192

A loira saiu do consultório muito confusa. Intrigada, voltou até a porta e perguntou ao médico:
— Desculpe... mas só pra não ficar com dúvidas... o senhor disse Capricórnio ou Sagitário?
— Câncer, minha senhora! Câncer...

193

Um casal está jantando num exclusivíssimo restaurante, quando entra uma loira estonteante, aproxima-se da mesa, dá um beijo no homem e lhe diz: "Depois a gente se vê" e vai embora.
A esposa olha para ele com olhos esbugalhados e pergunta:
— Você pode me explicar quem diabos é essa?
— É a minha amante... — responde o marido, calmamente.
— Ah, não! Essa é a gota que transbordou o copo! Quero o divórcio já! Vou contratar o melhor advogado e não vou parar até destruir você!
— Entendo, querida – diz o esposo com total tranqüilidade. –

Mas leve em conta que se nos divorciarmos não haverá mais nada para você: nem viagens a Cortina D'Ampezzo, nem cruzeiros pelo Caribe, nem um BMW novo a cada ano na garagem, nem restaurantes exclusivos... E você vai ter de sair da mansão de 26 cômodos que tanto esfrega na cara das suas amigas, porque vou lhe comprar uma casa bonita, mas muito menor. Isso sem mencionar que, se pensa em contratar um advogado tão bom, os honorários vão lhe comer a metade do pouco que conseguir tirar de mim... porque você bem sabe que eu não sou bobo, e advogados feras é o que mais tenho nas minhas várias empresas. Mas, enfim, a decisão é sua...

Nesse momento, entra no restaurante um amigo do casal, acompanhado por uma morena deslumbrante.

– Quem é a atirada que está com o Maurício?
– É a amante dele.
– Ah!... A nossa é bem mais bonita, né, amor?

194

Um cara acorda com a mãe de todas as ressacas, vira-se e ao lado da cama há um copo de água e duas aspirinas. Olha em volta e vê sua roupa passada e pendurada. O quarto está em perfeita ordem. Há um bilhete de sua mulher: "Querido, deixei seu café pronto na copa. Fui ao supermercado. Beijos".

Ele desce e encontra um lauto café à sua espera. Pergunta ao filho:

– O que aconteceu ontem?
– Bem, pai, você chegou às três da madrugada, completamente bêbado, vomitou no tapete da sala, quebrou móveis e machucou

seu olho, ao bater na porta do quarto.
— E por que está tudo arrumado, café preparado, roupa passada, aspirinas para a ressaca e um bilhete amoroso da sua mãe?
— Bem, é que mamãe te arrastou até a cama e, quando estava tirando suas calças, você disse: "Não faça isso, moça, sou casado..."

195

Um representante da Sadia pede uma audiência com o papa. Oferece 5 milhões de dólares para que o papa modifique um trecho do pai-nosso. Ele deveria substituir "pão nosso de cada dia" por "frango nosso de cada dia". O papa tem um ataque, toma três comprimidos de Valium e excomunga o cara, indignado.
Na semana seguinte, o mesmo representante vem com nova proposta: 20 milhões de dólares. O papa novamente declina, faz o sinal da cruz dez vezes, toma Maracujina e se retira aos seus aposentos.
Alguns dias depois o cara volta, desta vez, acompanhado de um representante da Perdigão. Os dois contam que se uniram para aumentar a proposta. Oferecem 100 milhões de dólares como última oferta.
O papa se retira e vai falar com os cardeais:
— Tenho uma boa e uma má notícia – diz ele. – A boa é que temos a chance de ganhar 100 milhões de dólares!
Os cardeais se entreolham sorrindo.
— Agora a má notícia – continua o papa. – Vamos perder o contrato com a Pullman!

196

Lá está a loira, com seu esportivo novinho, dirigindo na Via Dutra a toda a velocidade, quando, sem perceber, é claro, dá uma fechada absurda num caminhão. O motorista do caminhão faz sinal para que ela pare o carro.

O cara sai do caminhão, tira um pedaço de giz do bolso, desenha um círculo na estrada e diz:

– Fique dentro deste círculo e não se mova!

Então o cara vai até o carro dela, tira o som e corta todo o estofado de couro. Quando ele se vira para a mulher, repara que ela tem um discreto sorriso no rosto.

– Ahh!... Você acha isso engraçado?! Então olha só!

O cara pega um taco de beisebol e quebra todos os vidros do esportivo. Ele se vira e ela está se segurando para não rir. O cara fica louco. Pega o canivete e fura todos os pneus do carro.

Agora ela está rindo. O caminhoneiro perde o controle, vai até o caminhão, pega uma lata com gasolina, joga tudo no carro e põe fogo. A loira então começa a dar tantas gargalhadas que quase cai no chão.

– O que pode ser tão engraçado assim?! – pergunta o cara.

– Enquanto você não estava olhando eu saí do círculo quatro vezes!

197

Um homem tinha dois ingressos preferenciais para a final do Mundial de Futebol. Quando ele chega ao estádio e se acomoda, outro homem nota que o lugar ao lado está vazio. Ele se aproxima e pergunta se o assento está ocupado.

– Não, não está ocupado – responde o primeiro.
Assombrado, o outro diz:
– É incrível! Quem, em seu juízo perfeito, tem um lugar como este, para a final do Mundial de Futebol, o evento mais importante do mundo, e não usa?
O homem olha para ele e responde:
– Bom, na realidade, o lugar é meu. Eu o comprei há dois anos. Minha esposa viria comigo, mas ela faleceu. Este é o primeiro Mundial a que não assistiremos juntos desde que nos casamos, em 1982.
Surpreso, o outro lhe diz:
– Oh! Que pena que isso tenha acontecido. É terrível, mas você não encontrou uma pessoa que pudesse vir no lugar da sua esposa? Um amigo, um parente ou um vizinho que pudesse usar o assento?
O primeiro meneia a cabeça e responde:
– Não! Todos decidiram ficar para o velório...

198

Manuel conheceu uma mulher maravilhosa em um bar de Lisboa, e, na primeira noite, eles foram para a cama. Enquanto faziam sexo, Manuel reparou que os dedos dos pés da mulher encolhiam-se toda vez que ele a penetrava.
O portuga ficou muito orgulhoso com a sua performance e, no final do ato, se gabou:
– Devo ter sido realmente muito bom esta noite, pois reparei que os dedos dos teus pés se encolhiam cada vez que entrava e saía de ti...

— Sim — respondeu a mulher —, mas isso aconteceu porque você se esqueceu de tirar a minha meia-calça!

199

Um jovem vai à igreja se confessar:
— Padre, eu toquei nos seios da minha namorada.
— Você os tocou por cima ou por baixo da blusa dela? — pergunta o padre.
— Foi por cima da blusa, padre — responde o jovem.
— Você é muito bobo! Por baixo da blusa, a penitência é a mesma!!

200

A freira vai ao médico:
— Doutor, tenho tido ataques de soluços, que não me deixam viver. Não durmo (hic), não como, e tenho dor no corpo de tanto movimento compulsivo involuntário (hic).
O doutor responde:
— Tenha calma, irmã, vou examiná-la.
Ele a examina e diz:
— Irmã, a senhora está grávida.
A freira se levanta e sai correndo do consultório, com cara de pânico. Uma hora depois, o médico recebe uma chamada da madre superiora:
— Doutor, o que o senhor disse à irmã Carmem?

— Cara madre superiora, como ela tinha fortes crises de soluço, eu lhe disse que estava grávida. Espero que com o susto ela tenha parado de soluçar!
— Sim, a irmã Carmem parou de soluçar, mas o padre Paulo pulou do campanário!

201

— Meu namorado me desvirginou, seu padre.
— Contra a sua vontade, minha filha?
— Não, seu padre. Contra a parede mesmo!

202

— Padre, ontem eu dormi com meu namorado.
— Mas isso é pecado, e pecado mortal, minha filha. Reze cinco padres-nossos como penitência.

A jovem fica mais algum tempo ajoelhada, pensa um pouco e depois pergunta:
— Padre, e se eu rezar dez padres-nossos? Será que posso dormir com ele hoje de novo?

203

O velho acaba de morrer. O padre encomenda o corpo e se rasga em elogios:

– O finado era um ótimo marido, um excelente cristão, um pai exemplar!!

A viúva se vira para um dos filhos e lhe diz ao ouvido:

– Vai até o caixão e vê se é mesmo o seu pai que está lá dentro...

204

Tarde da noite, o padre passa perto de um cemitério e leva o maior susto quando escuta:

– Hum, hum, hum...

O padre pára, reza um pai-nosso, faz o sinal da cruz, enche-se de coragem e pergunta:

– Do que é que essa pobre alma está precisando?

E a voz responde:

– Papel higiênico!

205

Um burro morreu bem na frente de uma igreja, e, como uma semana depois o corpo ainda estava lá, o padre resolveu queixar-se ao prefeito.

– Prefeito, tem um burro morto na frente da igreja há quase uma semana!

E o prefeito, grande adversário político do padre, alfinetou:

– Mas, padre, não é o senhor que tem a obrigação de cuidar dos mortos?

– Sim, sou eu! – respondeu o padre, com serenidade. – Mas também é minha obrigação avisar os parentes!

206

O sacristão avisa que tem uma mulher querendo falar com o padre. Ele vai atender e dá de cara com uma mulatona muito gostosa, corpo escultural, de minissaia.
– Me falaram que o senhor está procurando empregada...
– Sim, minha filha... Fale-me de suas qualidades!
– Sei fazer moqueca de peixe, sei fazer cuscuz doce e salgado, quindim.
– Que mais?
– Sei fazer cocada, pudim de leite condensado, leitão assado...
– Só?
– Tem um problema... eu sou estéril, seu padre...
– Mulher de Deus... por que não disse isso logo? Vai entrando, minha filha...

207

O marido da professorinha boazuda da cidade vai ao confessionário:
– Padre, descobri que minha mulher está dando pra todo mundo!
– Louvado seja Deus, espero que ela se lembre dos irmãos aqui da paróquia.

208

A campainha toca na casa de um camarada muito pão-duro. Quando ele atende, dá de cara com duas freiras pedindo donativos.
– Meu filho, nós somos irmãs de Cristo e...
– Nossa, como vocês estão conservadas, huh, huh!

209

O padre Valdemar vai à prisão, dar a última bênção ao preso, minutos antes da execução.
– Vim lhe trazer a palavra de Deus...
– Precisa não, padre! Daqui a pouco eu vou estar pessoalmente com Ele...

210

A sala de espera estava lotada de passageiros para o vôo 182, da Loucura´s Airlines, que já estava meia hora atrasado. As aeromoças tentavam tranqüilizar os passageiros, dizendo que a equipe de vôo ainda estava a caminho, quando de repente aparece o co-piloto, todo uniformizado, de óculos escuros e de bengala branca, tateando pelo caminho. Uma das aeromoças da companhia o encaminha até o avião, e os passageiros, estarrecidos, não acreditam no que vêem. Ela logo trata de explicar:
– Sei que pode parecer estranho, mas apesar de o comandante

Estevão Wonder ser cego, ele é o melhor co-piloto da companhia!

Os passageiros ficam apreensivos, e, alguns minutos depois, chega um outro funcionário, também uniformizado, de óculos escuros e de bengala branca, amparado por uma prestativa aeromoça, que toma a frente e diz, cheia de convicção:

– Senhores passageiros, apesar de o piloto Ray Wonder ser cego, ele é o melhor co-piloto da companhia, e, juntamente com seu irmão, formam a melhor dupla que esta empresa já teve!

Todos os passageiros ficam chocados e surpresos com a cena, mas mesmo assim embarcam no avião. O comandante avisa que o avião vai levantar vôo e o aparelho começa a correr pela pista, cada vez mais rápido. Todos os passageiros se olham, suando e com muito medo da situação. O avião vai aumentando a velocidade e nada de levantar vôo. A pista está quase acabando, e a aeronave nem dá sinal de sair do chão. Todos começam a ficar cada vez mais apavorados. O desespero toma conta dos mais medrosos, enquanto alguns ainda ficam firmes, confiando na competência cega dos pilotos. Alguns segundos depois, nem esses se seguram, e todos começam a gritar histericamente; só se acalmam quando o avião decola, ganhando o céu, subindo suavemente, provando a competência dos pilotos cegos. Todos ficam aliviados, até que o piloto, que ainda não havia desligado o microfone, vira-se para o co-piloto e diz:

– Já pensou se algum dia o pessoal não gritar?

211

Na clausura do convento, ao final de mais um dia de orações, duas freiras se despedem:

– Boa noite, irmã! Durma com Deus...
– É o jeito, irmã! É o jeito...

212

Um fiscal do Ministério da Saúde está visitando um hospital. Acompanhado pelo diretor, ele passa por um quarto onde um homem masturba-se ferozmente. A situação é meio constrangedora, e o ministro pede uma explicação. O diretor do hospital explica:
– Trata-se de uma doença rara. Esse paciente produz uma quantidade anormal de esperma e é obrigado a se masturbar quatro vezes ao dia para evitar que seus testículos explodam.
O fiscal se satisfaz com a resposta e prossegue a visita. Mais adiante, ele vê um paciente sentado numa cama e uma enfermeira ajoelhada aplicando-lhe uma bela sessão de sexo oral.
– Exijo uma explicação para esta imoralidade num hospital tão conceituado como este! – irrita-se o fiscal.
O diretor responde:
– É o mesmo problema do paciente anterior... só que este tem plano de saúde!!!

213

Na aula de noções de medicina, a professora pediu aos alunos que trouxessem instrumentos utilizados em um hospital.
– Cíntia, o que você trouxe?
– Um bisturi.

– Quem o deu a você?
– Minha mãe.
– E o que ela falou?
– Falou que serve pra cortar a pele!
– Ah, parabéns!
– Vinícius, o que você trouxe?
– Uma seringa!
– E quem a deu a você?
– Meu pai!
– O que ele falou?
– Falou que serve para aplicar injeção!
– Muito bem!
– Kiko, o que você trouxe?
– Um termômetro!
– Quem foi que lhe deu?
– Meu tio.
– E o que ele falou?
– Falou que serve para medir a temperatura.
– Ótimo.
– E você, Joãozinho, o que é essa bola debaixo do seu braço?
– Isso é um balão de oxigênio!
– E quem o deu a você?
– Eu peguei da minha avó!
– O que ela falou?
– Devolve, devolveeeee, devol...

214

O português senta-se, no trem, de frente para uma gostosa

ruiva, que usava uma minissaia.

Nisso, dá-se conta de que ela estava sem calcinha. Então a ruiva lhe diz:

– Você está olhando para a minha xoxota?

– Sim, desculpe – responde o portuga.

– Está bem – responde a mulher. – Olhe, vou fazer com que ela te mande um beijo!

Incrivelmente, a xoxota manda um beijo.

O portuga, totalmente assombrado, pergunta que outra coisa sabe fazer.

– Posso também fazer com que te dê uma piscadela.

O portuga observa, assombrado, como a xereca lhe dá piscadelas.

A mulher, já excitada sexualmente, diz ao português:

– Você quer me enfiar um par de dedos?

Paralisado de assombro, o português responde:

– Puta que pariu! Também sabe assobiar?

215

A garota chega para a mãe, reclamando do ceticismo do namorado:

– Mãe, o Rogério diz que não acredita em inferno!

– Case-se com ele, minha filha, e deixe comigo, eu farei com que acredite!

216

O homem leva um susto ao ouvir da cartomante:

— Em breve sua sogra morrerá de forma violenta.
Imediatamente ele pergunta à vidente:
— De forma violenta? E eu? Serei absolvido?

217

Um homem encontra seu amigo na rua e lhe diz:
— Cara, você é igualzinho à minha sogra, a única diferença é o bigode!
O amigo fala:
— Mas eu não tenho bigode!
— Mas a minha sogra tem.

218

Um cara foi à delegacia e disse:
— Eu vim registrar uma ocorrência. Minha sogra sumiu.
O delegado pergunta:
— Há quanto tempo ela sumiu?
— Duas semanas.
— E só agora é que você vem dar queixa?
— É que me custou acreditar que eu tivesse tanta sorte!

219

A sogra do cara morreu e lhe perguntaram:
— O que fazer? Enterrar ou cremar?
— Os dois! Não podemos facilitar!

220

Salim, muito rico, chega ao banco e fala com o gerente:
– Eu qué fazê um embréstimo!
– Você, Salim, querendo um empréstimo? De quanto?
– Um real.
– Um real? Ah, isso eu mesmo lhe dou...
– Não, eu qué embrestado do banco! Um real!
– Bem, são 12% de juros, para trinta dias...
– Dudo bem, vai dar um real e doze cendavos... Onde eu assina?
– Só que o banco vai pedir uma garantia, sabe como é... são normas internas.
– Pega minha Mercedes zerinho, que está aí fora, e deixa guardada aí na garagem do banco, até eu baga o embréstimo, tá bom assim?
– Feito!!
Salim foi para casa e disse para a Jamile:
– Bronto, nois já pode viaja pra Europa sem brocupação. Consegui deixar nossa carro numa garagem, por trinta dias, e eu só vai baga um real e doze centavos...

221

O cara voltava do enterro da sogra, quando ao passar por um prédio em obras um tijolo caiu de lá de cima e quase acertou sua cabeça. O homem olhou para cima e gritou:
– Já chegou aí, né, sua jararaca? E continua com péssima pontaria!

222

— A que distância você deve morar da casa de sua sogra?
— Nem longe demais que ela tenha de vir de mala, nem perto demais que ela possa vir de chinelo...

223

Dois amigos conversavam à porta de um bar, quando observaram que vinha um cortejo fúnebre.
— Deve ter morrido alguém muito importante.
— Por quê?
— Olha a multidão daquele cortejo!
— É mesmo! Deve ter umas quinhentas pessoas.
— Por aí!
— Olha só, tem um cachorro andando embaixo do caixão.
E esse cachorro, que vinha o tempo todo embaixo do caixão, acabou encucando os dois.
— Por que será, hein?
— Sei lá. Vou perguntar para aquele cara ali!
Ele se aproximou de um dos homens que seguravam as alças da urna e perguntou:
— Quem faleceu?
— Minha sogra — respondeu o homem.
— Ela era importante?
— Não, quase ninguém a conhecia.
— E esse cachorro, embaixo do caixão?
— Era dela!
— E a sua sogra morreu de quê?

— Seu cachorro a mordeu.
— Amigo, você podia vender o bichinho para mim?
— Até vendo, mas você vai ter que entrar nessa fila aí atrás..

224

Hoje, não pude deixar de reparar numa velhinha de seus oitenta anos, sentada num banco de jardim, chorando copiosamente. Aproximei-me dela e perguntei-lhe o que tinha. Ela disse:
— Tenho um marido de 22 anos em casa. Ele faz amor comigo todas as manhãs, depois levanta-se e me prepara o café: cereais, ovos mexidos, torradas com geléia, café fresquinho...
— Então por que a senhora está chorando? – perguntei.
— Ele me faz sopa caseira para o almoço e os meus bolinhos favoritos, depois faz amor comigo até o meio da tarde...
— Mas por que é que a senhora está chorando?
— Para o jantar, ele sempre me prepara uma refeição deliciosa, acompanhada de um vinho excelente, faz a minha sobremesa preferida, e depois faz amor comigo até as duas da manhã...
— Então por que cargas d'água é que a senhora está em prantos?
— Porra! Não consigo me lembrar de onde moro!

225

O mineirinho entra num boteco e vê anunciado acima do balcão:

Pão de queijo: R$ 2,00
Sanduíche de galinha: R$ 3,00
Punheta: R$ 10,00
Checando a carteira para não passar vergonha, ele vai até o balcão e chama uma das três lindas garotas, que estão servindo bebidas nas mesas:
– Por favor!
– Sim? – pergunta ela, com um sorriso lindo. – Em que posso ajudar?
E ele pergunta:
– É ocê que toca as "punheta"?
– Sim, eu mesma – responde ela, com uma voz bem sensual.
O mineirinho então retruca:
– Então, ocê lava bem as mão, que eu quero um pão de queijo!

226

Um mendigo entra em um bar e pede a um moço que lhe pague um café. Com pena, o cara lhe oferece uma cerveja. O mendigo diz:
– Não, obrigado, não bebo, só quero o café.
Então, o rapaz lhe oferece a compra de um bilhete de loteria.
– Não, obrigado, não jogo, só quero o café.
O rapaz lhe oferece um cigarro.
– Não fumo, só quero o cafezinho – recusa o mendigo.
O rapaz, então, se oferece para lhe pagar uma noitada com uma prostituta.
– Não, obrigado, eu não traio minha mulher, só quero um café.

Então o rapaz leva o mendigo para sua casa e pede à mulher que lhe prepare o café.

Curiosa, ela pergunta ao marido:

– Por que você trouxe para casa um mendigo sujo só para tomar um café?

– Para te mostrar como fica um homem que não bebe, não joga, não fuma e não trai a mulher de vez em quando.

227

Uma empresa, no intuito de mudar o estilo de administração, contratou um novo gerente.

O novo chefão chegou determinado a balançar as bases e tornar a empresa mais produtiva. No primeiro dia, acompanhado dos principais assessores, fez uma inspeção geral. No setor de empacotamento, todos estavam trabalhando duro, mas um rapaz estava encostado na parede, com as mãos nos bolsos. Vendo aí uma boa oportunidade de demonstrar sua nova filosofia de trabalho, o gerente perguntou ao rapaz:

– Quanto você ganha por mês?

– Trezentos reais – respondeu o jovem, sem saber do que se tratava. – Por quê?

O gerente tirou R$ 300,00 do bolso e deu-os ao rapaz, dizendo:

– Aqui estão seus R$ 300,00 deste mês. Agora suma daqui e não volte mais.

O rapaz embolsou o dinheiro e saiu o mais depressa que pôde, sem entender sua sorte.

O gerente, então, enchendo o peito, pergunta ao grupo de operários:

– Algum de vocês sabe o que esse sujeito fazia aqui?
– Era o entregador de pizza – respondeu um dos funcionários.

228

Um homem sempre debochava de sua mulher, que era loira. Um dia, ele passou na casa de seus amigos para que o acompanhassem até o aeroporto, porque sua esposa ia viajar. Como sempre gozava com ela, ele disse, na frente de todo mundo:
– Amor, traz uma francesinha de Paris pra mim??
Ela abaixou a cabeça e embarcou muito chateada.
A mulher passou quinze dias na França. O marido pediu aos amigos que o acompanhassem novamente ao aeroporto. Ao chegar, ele perguntou à mulher:
– Amor, você trouxe minha francesinha?
Ela disse:
– Eu fiz o possível. Agora é só rezar para nascer menina!

229

O casal está passeando pela praia, e ela pede ao marido que lhe compre um biquíni. Ele fala:
– Com esse corpo de máquina de lavar? Nem pensar!
Continuam caminhando, e ela insiste:
– Bom, então compra um vestido pra mim?
Ele responde:
– Com esse corpo de máquina de lavar? Nem pensar!!

Passa o dia. À noite, já na cama, o marido vira para a esposa e pergunta:
– E aí, mulher? Vamos botar a máquina de lavar para funcionar?
E a mulher, com ar de desprezo, responde:
– Para lavar só esse pedacinho de pano? Ah...! Lava na mão mesmo, que dá menos trabalho!

230

A velhinha pergunta para o marido moribundo:
– Meu bem, depois de quarenta anos de casados, me satisfaça uma curiosidade. Você já me traiu alguma vez?
– Sim, querida! Uma única vez! Lembra-se de quando eu trabalhava naquela grande empresa, e tinha uma secretária chamada Margarida?
– Sim, eu me lembro!
– Pois é, aquele corpo já foi todinho meu!
Após alguns segundos, ele pergunta:
– E você, minha velha, já me traiu alguma vez?
– Sim, meu bem! Uma única vez! Lembra-se de quando a gente morava na Vila Andrade, em frente ao Corpo de Bombeiros?
– Sim, eu me lembro! – responde o moribundo.
– Pois é... aquele corpo já foi todinho meu!

231

O marido estava em seu leito de morte e chamou a mulher.

Com voz rouca e fraca, disse-lhe:

– Meu bem... chegue mais perto... Eu quero... lhe fazer uma confissão!

– Não, não – respondeu a mulher. – Sossegue e fique quietinho aí. Você não pode fazer esforço.

– Mas, mulher – insistiu o marido –, eu preciso morrer... em paz! Eu quero lhe confessar algo!

– Está bem, está bem! Pode falar!

– É o seguinte: eu transei... com a sua irmã... com a sua mãe e... com a sua melhor amiga!

– Eu sei, eu sei – disse a mulher. – Foi por isso que eu te envenenei, seu filho da puta!

232

Eu odiava ir a casamentos, porque havia sempre aquele momento no final em que todas as avós e tias vinham a mim, davam-me um tapinha e diziam com um ar melado: "O próximo é você!"

Mas eu resolvi o problema: elas pararam de fazer isso. Foi quando eu passei a fazer-lhes a mesma coisa nos funerais!

233

Noite de apagão. Uma senhora está em casa e vê um vulto passar. Aproxima-se dele por trás, com cuidado, agarra-lhe os testículos e, apertando com toda a força, pergunta:

– Quem é você?
Ela, não obtendo resposta, aperta com mais força:
– Quem é você?
Mantém-se o silêncio; ela aperta ainda mais, já com pedaços de pele escapando por entre os dedos, e volta a perguntar:
– Quem é você?
Uma voz sofredora consegue responder:
– O... o... o... Jo... João...
– Que João?
– O... o... o... o mu... mudo...

234

Jesus chama os seus apóstolos para uma reunião de emergência, devido ao alto consumo de drogas na terra.
Depois de muito pensar, chegam à conclusão de que a melhor maneira de combater a situação e resolvê-la definitivamente é provar a droga eles mesmos e depois tomar as medidas adequadas. Decide-se que uma comissão de discípulos desça ao mundo e recolha diferentes drogas. Efetua-se a operação secreta, e dois dias depois começam a regressar os comissários.
Jesus espera à porta do céu, quando chega o primeiro servo:
– Quem é?
– Sou Paulo.
Jesus abre a porta.
– E o que trazes, Paulo?
– Trago haxixe de Marrocos.
– Muito bem, filho. Entre.
– Quem é?
– Sou Marcos.

– E o que trazes, Marcos?
– Trago cocaína da Colômbia.
– Muito bem, filho. Entre.
– Quem é?
– Sou Mateus.
– E o que trazes, Mateus?
– Trago maconha da Bolívia.
– Muito bem, filho. Entre.
– Quem é?
– Sou João.
Jesus abre a porta e pergunta:
– E tu, o que trazes, João?
– Trago crack de Nova York.
– Muito bem, filho. Entre.
– Quem é?
– Sou Lucas.
– E o que trazes, Lucas?
– Trago ectasy de Amsterdã.
– Muito bem, filho. Entre.
– Quem é?
– Sou Judas.
Jesus abre a porta.
– E tu, o que trazes, Judas?
– Polícia Federal! Todo mundo na parede, mãos na cabeça!
A casa caiu!

235

O bêbado toca o interfone de uma casa e pergunta:
– Seu marido taí?

Uma mulher responde:
– Está, quem quer falar com ele?
– Xá pra lá, brigado.
Chega em outra casa e toca o interfone:
– Seu marido taí?
Outra mulher responde:
– Está no banho, quem quer falar?...
– Brigado, pooooode deixar.
Na outra casa...
– Bom dia, seu marido taí?
– Está, vou chamá-lo.
– Não, não é preciiiiiiso – responde o bêbado.
Na outra casa:
– Oi, seu marido taí?
A mulher responde:
– Não, mas já deve estar chegando.
O bêbado responde:
– Então, por favor, olha aqui pra fora e vê se sou eu!

236

Um mineirinho com sérios problemas financeiros vendeu uma mula para outro fazendeiro, também mineiro, por R$ 100,00, que concordou em receber a mula no dia seguinte. Entretanto, no outro dia, chega o mineirinho e diz:
– Cumpadi, cê me discurpa, mais a mula morreu.
– Morreu?
– Morreu.
– Intão me devorve o dinheiro.

– Ih... já gastei.
– Tudo?
– Tudim.
– Intão me traiz a mula.
– Morta?
– É, uai, ela num morreu?
– Morreu. Mais qui cê vai fazê com uma mula morta?
– Vou rifá.
– Rifá?
– É, uai!
– A mula morta? Quem vai querê?
– É só num falá qui ela morreu.
– Intão tá.

Um mês depois os dois se reencontram, e o fazendeiro que vendeu a mula pergunta:
– Ô cumpadi, e a mula morta?
– Rifei. Vendi quinhentos biete a dois real cada. Faturei 998 real.
– Eita! I ninguém recramô?
– Só o homi qui ganhô.
– E o que ocê feiz?
– Devorvi os dois real pra ele.

237

Uma loira está dirigindo seu carro esporte vermelho a toda a velocidade, quando é parada por uma policial também loira:
– Posso ver sua carteira de motorista?

A loira começa a procurar freneticamente na bolsa, até que pergunta:
– Ahn... como é mesmo a carteira de motorista?
– É retangular e tem uma foto sua.
A loira acha na bolsa um espelho retangular. Dá uma olhada e entrega-o para a policial. Esta olha para o espelho, devolve-o à loira e diz:
– Tudo bem... pode ir... Não sabia que você também era policial!

238

Um cego entra, sem saber, num bar de mulheres. Senta-se ao balcão e pede uma bebida para o garçom. A bebida chega e, depois de um tempo, o cego grita:
– Vou contar uma piada de loira!
A mulher ao seu lado diz:
– Já que você é cego, devo avisá-lo de cinco coisas antes que você resolva contar a piada:
1 – O barman é uma mulher loira.
2 – O gerente é uma mulher loira.
3 – Eu sou uma loira de 1,75 m e 90 kg.
4 – A mulher ao meu lado é uma loira profissional em caratê.
5 – Do seu outro lado tem uma loira professora de kung fu. Você ainda quer contar a piada?
E o cego responde:
– Não... deixa pra lá... Se eu tiver que explicar cinco vezes, eu desisto...

239

Cotoco era um menino muito, muito, mas muito triste, pois não tinha braços nem pernas. Os amigos sempre tentavam levá-lo para passear e se divertir.

Um dia o pessoal resolveu ir à praia.

– Já sei! Vamos levar o Cotoco – disse alguém.

– É isso! Vamos, Cotoco, a gente vai pra praia e você vai junto.

– Não, de jeito nenhum! Vocês não vão se divertir se me levarem.

– O que é isso, Cotoco? A gente se reveza e cuida de você.

De tanto insistirem, o Cotoco resolveu ir, e chegando lá os amigos colocaram-no bem na beirada da água, no rasinho, e lá ele ficou se divertindo. Mas o pessoal se distraiu e ele foi ficando por lá. De repente, a maré começou a subir, subir, e enquanto as ondas iam e vinham ele ia afundando, afundando. Cotoco, então, começou a se desesperar:

– Socorro!!!!!!! Socorro!!!!!!! – gritava ele.

Foi aí que um cara que já tinha tomado todas avistou-o de longe e correu para o resgate. Heróico, o bêbado pegou Cotoco nos braços e começou a nadar vigorosamente.

E Cotoco pensou: "Ufa! Agora estou salvo..."

Porém, o bêbado estava indo para o lado errado, e quando finalmente o pé-de-cana já estava com água na altura do peito, lançou Cotoco violentamente para o fundo e gritou:

– Vai, tartaruguinha, vai que exte mar é xeu!!

Continua...
A glória de Cotoco

Cotoco, como todos sabem, era um sujeito como qualquer outro, se não fosse por quatro detalhes: Cotoco não tinha os braços nem as pernas.

Depois do trágico e quase fatídico acontecimento na praia, no qual um banhista bêbado pensou que ele fosse uma pobre tartaruguinha e o lançou bem longe, em alto-mar, aconteceu um milagre: num esforço espetacular e com determinação, Cotoco começou a nadar com as orelhas!

Cotoco virou uma celebridade. Virou nadador profissional. Apareceu no Gugu, deu entrevista no programa do Ratinho, ganhou destaque no Show do Esporte e foi chamado para ir aos Jogos Paraolímpicos.

E chega o grande dia! Uma equipe contratada começa a prepará-lo, e outra, especialmente treinada, joga Cotoco na piscina. Porém, para espanto geral, o pobre Cotoco fica parado no fundo da piscina, obviamente sem se debater, e é retirado às pressas para a superfície. Assustado com o grupo de curiosos que se forma à sua volta, Cotoco vai recuperando o fôlego. Todos esperam uma explicação para tamanho fracasso, até que Cotoco consegue finalmente dizer:

– Quem foi... o filho da puta que me... colocou... a porra dessa touca?

E continua...

Depois da trágica aventura no mar e de sua curta carreira como nadador, o coitado do Cotoco resolveu fazer um programa que aparentemente não o colocaria em perigo. Ele reuniu seus fiéis amigos e foram ao circo.

Apresentava-se o domador de leões, quando o bicho escapou da jaula e foi para cima do público. As pessoas começaram a correr de um lado para o outro, e os amigos do pobre Cotoco, é claro, deram no pé...

O leão saltava sobre as cadeiras e se aproximava. Cotoco se debatia nas arquibancadas e se esforçava para sair dali.

Alguns, ao verem o leão se aproximando do pobre deficiente, gritavam:

– Olha o aleijado! Olha o aleijado!

E Cotoco debatia-se cada vez mais pelas arquibancadas.

– Olha o aleijado! Olha o aleijado!

E Cotoco não se conteve e gritou:

– Vão todos se foder, seus filhos da puta! Deixem o leão escolher sozinho!

240

O casal descobriu que o único jeito de se livrar de seu filho de seis anos por algumas horas no domingo seria colocá-lo na varanda do apartamento e pedir que relatasse as atividades da vizinhança. Os pais puseram o plano em ação, e o garoto começou seus comentários, enquanto eles se divertiam na cama.

– Tem um carro sendo guinchado na rua!

Um pouquinho depois:

– Tem uma ambulância parando lá na esquina!

Passados mais alguns minutos:

– Parece que a família do seu Valdemar está recebendo visita!

E continuou:

– O Pedro ganhou uma bicicleta nova!

De repente, o casal é surpreendido com a notícia:

– Os pais da Karina estão trepando!

Os dois pulam da cama e correm até a sacada.
– Você está vendo isso? – pergunta o pai.
– Não – responde o garoto –, é que a Karina tá sentadinha na varanda também...

241

Uma mulher entra numa farmácia e pede ao farmacêutico:
– Por favor, quero comprar arsênico.
– Por que a senhora quer comprar esse veneno?
– Para matar o meu marido!
– Infelizmente, não posso vender veneno para esse fim – responde o farmacêutico.
A moça abre a bolsa e tira uma fotografia do marido dela transando com a mulher do farmacêutico.
– Mil desculpas – diz ele –, não sabia que a senhora tinha a receita!

242

A mulher acorda durante a noite e percebe que o marido não está na cama. Veste o robe e desce para ver onde ele está.
Encontra-o sentado na cozinha, pensativo, diante de uma xícara de café. Parece consternado, olhar fixo na xícara. Tanto que o vê limpar uma lágrima.
– O que é que se passa, querido?

O marido levanta os olhos e pergunta-lhe docemente:
– Lembra-se, há vinte anos, quando saímos juntos pela primeira vez? Você tinha apenas 16 anos.
– Sim, lembro-me como se fosse hoje – responde ela.
O marido faz uma pausa. As palavras custam-lhe a sair.
– Lembra-se quando o seu pai nos surpreendeu fazendo amor no banco de trás do carro?
– Sim, lembro-me perfeitamente – diz a mulher, sentando-se ao seu lado.
O marido continua:
– Lembra-se quando ele apontou uma arma à minha cabeça dizendo: "Ou você casa com a minha filha, ou mando você para a cadeia por vinte anos"?
– Lembro, lembro – responde-lhe ela docemente. Ele limpa mais uma lágrima e diz:
– Hoje eu sairia da prisão e estaria em liberdade!

Visite nosso site e conheça
os melhores livros do humor
www.matrixeditora.com.br

O Livro Branco do Humor
de Millôr Fernandes
"Deu branco". O que para uns pode significar a falta de idéias, o nada, quando algo precisava ser feito, para Millôr Fernandes foi a base para um livro inteligente e divertido.

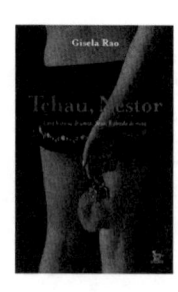

Tchau, Nestor
de Gisela Rao
Gisela Rao está de volta ao humor erótico, estilo que a consagrou como uma das revelações entre as escritoras brasileiras, agora com a história de uma mulher com três problemas básicos: não consegue atingir o orgasmo com os homens – só com o vibrador, 9 kg a mais e uma auto-estima abalada.

É Impossível Ler Um Só
de Garotas que Dizem Ni
As Garotas que Dizem Ni escrevem uma coluna imperdível na revista Época e têm um site divertidíssimo. Elas conseguem combinar como ninguém a dose certa de humor, de emoção, de inteligência e de irreverência. Observadoras atentas de tudo o que acontece no cotidiano, são capazes de trazer à tona as conversas mais inusitadas e uma farta dose de assuntos que merecem ser recordados.

Faça Sexo Agora. Pergunte-me Como
de Castelo
Tudo o que você queria saber sobre sexo e não sabia para quem perguntar agora não precisa mais. Todas as questões foram feitas aqui, com todas as respostas. Tudo do jeito mais divertido que você já viu. Este livro vai excitar (uau!) a sua curiosidade. Vai fazer você dar duas leituras seguidas sem tirar os olhos do livro. Pratique este voyeurismo humorístico-literário. Vai ser bom para você também.